# 내 연가

# 가무내 연가

1판 1쇄 발행 2023년 11월 15일

지은이 이인숙
발행인 이선우
펴낸곳 도서출판 선우미디어
등록 | 1997. 8. 7 제305-2014-000020
02643 서울시 동대문구 장한로 12길 40, 101동 203호
☎ 2272-3351, 3352 팩스: 2272-5540
sunwoome@daum.net greenessay20@naver.com


값 13,000원

※ 이 책은 충청북도 충청북도, 충북문화재단 충북문화재단 예술창작활동 지원사업 지원금으로 발간되었습니다.
※ 잘못된 책은 바꿔 드립니다.


ISBN 978-89-5658-741-7 03810

# 가무내 연가

이인숙 수필집

선우미디어
sunwoomedia

## | 작가의 말 |

내가 자라온 공간이 사라지고 있다. 코흘리개 아이의 성장과 햇볕에 까맣게 그을린 부모님의 삶도 기억 속에만 존재할 뿐 모든 것이 잊히리라. 동그란 문고리에 남은 지문처럼 허리 굽은 할머니의 흔적도 사라진 지 오래이다. 대문을 밀고 불어오던 소슬바람도 흙벽을 넘어 돌아오지 않는다. 세월이 흘러 사람의 흔적이 없는 집은 머물던 주인의 허리처럼 굽어 기울어지고 있다.

가무내는 지독한 몸살감기를 앓는 중이다. 도시에서 내려온 낯선 이들이 빈집을 기웃거린다. 몇 곳은 이미 낡은 집을 허물고 멀끔한 새집이 들어섰다. 최근 자주 듣던 세컨하우스, 휴식의 집이란 명목으로 지어진 집인가 보다.

그 집 주인은 휴일에만 내려와 잠시 머물다 자신들의 터로 되돌아간다. 그러니 이웃과의 소통할 시간이 없다. 대부분은 대문에 단단히 자물쇠가 채워지고 가물에 콩 나듯 문이 열린다.

많은 사람이 산촌, 농촌, 어촌의 자식이리라. 숨탄것들은 고향과 터를 잊지 못하고 그리워한다. 성장해서는 즐겁게 뛰어놀던 곳을 떠나기를 갈망하고 나이 들어 노년이 되면, 다시 돌아가고 싶어지는 곳이 고향이다. 태어나고 자란 산촌이 스러져가는 모습이 안타까워 작품 속에 담는다. 아름다운 추억뿐 아니라 스러져가는 초라한 모습도 고향의 역사이니 기록이 필요하다고 여긴다.

수필집 『수탉의 도전』에는 나의 삶을 살아내고자 애쓴 흔적이라면, 『가무내 연가』에는 고향과 주변의 삶을 담담한 시선으로 바라보고 담아내고 싶었다. 그리고 많은 날을 「혜안글방」 도반들과 전국으로 문학기행을 다녔다. 선인들의 발자취를 따라, 때론 미술관을 때론 유적지를 찾았다. 작가로서 감성이 메마르지 않도록 늘 애써주신 스승님의 배려 덕분이다. 이번 작품집을 준비하며 글을 적는 일이 참으로 쉽지 않은 일이라는 것도, 새삼 실감하였음을 부끄럽지만 고백하지 않을 수 없다.

『가무내 연가』는 과분하게도 '2023년 충북문화재단 우수수필창작기금'을 받아 발표하게 된 작품집이다. 신문 《충청투데이》에 발표한 글과 문예지에 틈틈이 발표한 글들을 모아 엮었다. 생각보다 빠르게 작품집을 엮게 되어 많은 글을 담아내지 못한 것이 아쉬움으로 남는다.

수필집 『가무내 연가』에 발문을 써주신 이은희 작가님에게 깊이 감사드린다. 또한, 독자에게 나의 고향에 소소한 이야기를 하게 되어 흐뭇하다. 여러분 일상이 평화롭기를 두 손 모아 소망한다.

이인숙 두 손 모음

차례



## 1부 살방

## 2부 가무내 연가

## 3부 밥이 보약이다

## 4부 터

# 1부 — 살방

ᔕ

어찌 살아간들 그날만 못하랴. 그래서일까. 나의 기도는 언제나 '감사합니다. 고맙습니다.'가 전부이다. 나에게 하나만 빌어야 할 염원은 그날의 새벽 그 염원이지 않았으랴. 그것이면 충분하다. 하지만, 내가 미처 깨닫지 못한 내 안에 도사린 욕심 많은 염원을 들킨 듯 아이의 말에 돌탑이 되어 자리를 뜨지 못하고 지켜본다.

ᔕ

# 비움과 채움

산능선 풍경이 단출하다. 나무는 풍성했던 잎을 떨구고 앙상한 가지만 남은 모습이다. 헐거워진 나뭇가지 사이로 파리한 하늘빛이 선명하다. 무심코 눈에 든 능선의 풍경이다. 나무는 차가운 겨울바람을 온몸으로 마주하고 있지만, 끄떡도 하지 않는다. 나무는 높은 능선에서 세상을 살아내는 인간들을 바라보며 휴식의 시간을 보내고 있으려나. 아니면, 춥고 외로운 시간을 인내하며 견뎌내고 있으려나. 나무가 생각이라는 것을 한다면, 그 속내를 물어보고 싶은 엉뚱한 상상을 한다.

능선은 오뉴월의 풍경과 사뭇 비교된다. 모든 나무가 잎을 떨군 것은 아니다. 침엽수인 소나무는 푸른빛으로 겨울산을 보듬고 있다. 능선의 풍경을 바라보다 문득 고향 산풍경을 떠올린다. 가을 추수가 끝나면 산촌에는 밭일이 시작되는 초봄까지 농사일이 없다. 그때부터 동네 남자들은 겨우내 쓸 땔감 준비로 분주하다. 물론 여자나 아이들도 쉬지 않는다. 마른 낙엽과 썩은 나무둥치는 아이들도 쉽게 구할 수 있는 땔감이다. 바닥에 수북이 쌓인 낙엽을 긁어 포대에 담는다. 그것들은 장작이나 잘 타지 않는 나무의 불쏘시개로 더없이 좋다. 하여 고향 뒷동산은 어른과 아이들이 겨우내 오르내린다. 하지만 불쏘시개를 태우다 머리까지 태우는 웃지 못할 상황도 종종 일어난다. 나 또한 곱슬머리를 태워 본 경험이 있다.

뒷산에 올라 땔감 모으기도 놀이로 즐겼던 시절이다. 나를 한사코 떼어놓고 가려는 오빠들을 따라 내 키보다 큰 갈퀴를 들고 의기양양 오르지만, 산을 오르기는 쉽지 않다. 툭하면, 나뭇가지에 걸려 넘어지고 미끄러져 울음을 터트리기 일쑤이다. 오빠는 동생 때문에 친구들에 뒤처지곤 했으니 내가 무척이나 야속했으리라. 어떡하면 나를 때어놓고 갈 수 있나 호시탐탐 노리곤 했다. 하지만, 나는 집에 혼자 남는 것은 너무도 심심하고 싫었던 탓에 결코 오빠의 꽁무니를 놓치지 않으려 신경전을 벌이던 기억이 선명하다. 마을 뒷산은 겨우내 사람들이 오르내린 덕분에 봄이 되면 검불 하나 없이 말끔해진다. 산 능선에 눈이 녹고 새싹이 돋으면 우리는 바구니를 들고 다시 산 능선을 오른다.

나무는 늦은 가을에 접어들면, 다시 비우는 작업에 몰두한다. 아니, 비우는 것이 아니라 내일을 향한 채움의 준비이다. 봄이 오고 새싹이 오르면, 산은 다시 울울창창 채워지리라. 요즘은 봄에도 예전처럼 산 풍경이 산뜻하지 않다. 나뭇가지나 낙엽을 땔감으로 사용하는 이들이 없는 탓에 산천은 거무죽죽한 검불들로 뒤덮인 탓이다. 새싹이 오른들 검불에 묻히고 가려 보이지 않는다. 꽃이 핀다고 해도 그 형편은 다르지 않다. 옛 고향 산천에 분홍빛 진달래와 노란 산수유꽃이 풍성하던 봄 산과는 그 모습이 사뭇 다르다. 하지만, 겨울이면 여전히 나무는 옷을 벗고 봄이 되면 새싹을 피운다.

비워야만 다시 채울 수 있다. 우리네 인간의 삶도 산도 마찬가지이다. 아니 어쩌면 채움보다 비움의 과정이 중요한지도 모른다. 비움 없이 채움만 거듭한다면, 거무튀튀한 검불에 덮인 봄 산의 풍경과 무엇이 다르랴. 그 품새는 엉망이 되지 않으랴. 나무가 신체의 일부인 잎을 과감히 떨구어 비우듯 인간도 마음에 깃든 불편하고 묵은 감정은 과감히 비우고 덜어내야 한다.

머지않아 입춘이다. 산 능선은 푸른 나무와 꽃들로 다시 풍성하게 채워지리라. 능선은 지금 비움의 계절을 끝내고 온 산을 신록으로 채울 준비를 서두르고 있다.

「충청투데이」 2022년 2월

# 염원 念願

"한 가지만 빌어야 해요. 그것이 염원이에요"

생각지도 못했던 말이다. 녀석의 대답에 다음 말을 이어 가지 못하고 행동을 지켜본다. 아이의 행동과 말이 아이답지 않다. 돌탑 쌓는 모습을 지켜보노라니 아래로는 넓적한 돌을 놓고 위로는 작은 돌을 얹어야 한다는 이치도 깨우친 듯하다. 아이의 말과 행동이 어른스러워 한참을 지켜보는 중이다.

사람의 욕심은 끝이 없다. 더불어 인간의 염원도 끝이 없다. 인간을 가장 사랑하신다는 그분들이 계시는 절에서도 교회에서도 성당에서도 별반 다르지 않으리라. 부모의 기도는 한결같이 가족을 향한 염원이리라. 절집 주변에는 불자들 아니 불자가 아니더라도 오고 가는 사람들이 쌓아 올린 수많은 돌탑과 마주한다. 돌탑을 쌓는 이유는 자신이 염원하는 것이 이루어지도록 도와달라는 표현이 아니랴. 어찌 저리도 염원이 많은지 돌탑은 끝도 없이 이어진다. 아이는 배포 좋게 대웅전 앞 뜨락에 그 자리를 잡은 것이다. 대단한 녀석이다. 돌탑 장소로 절집 마당을 택한 것도 돌을 주워 나르는 발걸음도 보통의 아이들과 사뭇 다르다. 몸짓에서 깊은 불심마저 느껴진다. 과연 아이의 '하나만 빌어야 염원'은 무엇이며 더불어, 나의 진정한 '염원은 무엇일까.'라는 생각을 한다.

나는 절집 예법을 깊이 알지 못한다. 처음 법당을 찾은 날도, 지금도 별반 다르지 않다. 나로서는 감당하기 버거운 일이 벌어졌던 날 처음 법당을 찾은 기억이 난다. 아니랴. 이전에도 절집은 종종 찾았으리라. 불심이 있어서가 아닌 관광객으로 또는 어머니를 따라 찾은 기억이 전부이다. 하지만, 간절함에 스스로 법당을 찾아 몸을 조아린 것은 그날이 처음이다. 절집 예절은 고사하고 절을 어찌 올려야 하는지도 몰랐던 때이다. 촛불도, 향도 올리지 않고 엎드려 기도하던 그 날처럼 나의 염원이 간절했던 적이 있었던가. 그때 이후로 무엇을 얻도록, 이루어지도록 기도하지 않는다. 아니 할 수가 없다. 더 많은 것을 염원하면, 지금의 이 작은 평안함마저 사라질 것 같은 불안감에 빠진다.

어찌 살아간들 그날만 못하랴. 그래서일까. 나의 기도는 언제나 '감사합니다. 고맙습니다.'가 전부이다. 나에게 하나만 빌어야 할 염원은 그날의 새벽 그 염원이지 않았으랴. 그것이면 충분하다. 하지만, 내가 미처 깨닫지 못한 내 안에 도사린 욕심 많은 염원을 들킨 듯 아이의 말에 돌탑이 되어 자리를 뜨지 못하고 지켜본다.

젊은 부부가 법당에서 마당으로 내려선다. 걸음의 방향으로 보아 꼬마의 부모님이리라. 아이가 그들의 품으로 달려가 안긴다. 그들과 눈인사하고 말을 건넨다. '부처님은 불당이 아닌 마당에 계셨어요.' 했더니 무슨 말이냐는 듯 두 눈이 커진다. 그들에게 녀석이 했던 말을 들려주니 빙그레 웃는다. 부모를 보니 아이의 품성이 어디서 왔는지 알 듯싶다.

대웅전 처마에 달린 풍경이 바람에 흔들리며 맑은 소리를 낸다. 아마도 부처님은 꼬마의 염원을 들어주지 않을 수 없었으리라. 어느 작가의 문장처럼 이 세상에 더 이상 '빌 것이 없는 날들이 이어지기'를 염원念願하며 천천히 절집을 나선다.

「충청투데이」 2022년 6월

# 그래, 그럴 수 있어

말, 말, 말! 말을 멈출 때까지 기다린다. 그가 쉼 없이 쏟아내는 말을 듣고 있으나 말소리가 더는 들리지 않는다. 마치 묵음 처리된 영상을 보는 것만 같다. 나는 어느새 무언의 방어 자세가 된다. 그도 자신의 쏟아낸 말속에 빠져 허우적거릴 뿐 벗어날 방법을 찾지 못하는 것은 아닐까. 그 모습을 바라보다 문득 생각나는 것이 있다.

강의 내용에 며칠 생각이 깊어지던 참이다. 누군가에게 지적을 당하는 순간의 반사작용으로 사람의 결을 알 수 있단다. 누구나 한 번쯤은 가까운 사람의 예기치 않은 행동에 놀란 적이 있으리라. 많은 사람이 별일 아니라고 여기던 일을 '어찌 그럴 수 있어'라며 발끈하는 의외의 모습이다. 강연자는 그것이 그의 진짜 모습이란다. 평소 보이는 모습은 인정받고 칭찬받고자 스스로 만들어낸 '가짜 모범생'의 모습이란다. 준비되지 않은 순간에 툭 불거진 성향이 그 사람의 진짜 모습이라는 강의에 반감이 인다. 인간은 교육으로 변화하고 부족한 면은 보완하면서 성장한다. 하지만, 무의식에 불거진 행동을 보고 그를 '가짜 모범생'이라 칭하는 것은 함정을 만들고 기다리는 격이지 않으랴. 모범생의 사전적 의미는 '학업이나 품행이 본받을 만한 학생'이다. 사회생활에서는 업무에 최선을 다하고 동료 관계도 원활한 사람을 말한다. 나도 그런 사람이라 여기며 살았다. 그는 그것이 교만이고 착각이라는 것이다.

누구나 크고 작은 실수를 경험한다. 하지만, 잘못되었음을 깨닫고 같은 실수를 반복하지 않으려 노력하는 것도 인간이다. 그렇게 부족했던 마음의 결과 생각이 성장하는 것이 아니랴. 그의 말대로 불쑥 튀어나온 행동을 보고 그의 모든 것이 가짜라 한다면, 가짜가 아닌 삶이 어디 있으랴. 우리는 신이 아니다. 아직은 많은 것이 부족한 사람이다. 일상에서 매번 '그럴 수 있지.'라는 마음을 갖기란 쉬운 것이 아니다. 그가 아무리 유명한 강사라 할지라도 그도 본성에 따라 실수하고 화를 낸 적이 있으리라. 그렇지 않다면, 그는 사람이 아니고 신의 존재가 아니랴.

그의 강의에 쉽게 수긍이 가지 않는다. 인간은 스스로 부족함을 깨닫고 교육과 경험으로 자신을 바로 정돈하려 애쓴다. 물론 모두가 그런 것은 아니라 할지라도 대부분의 사람들은 우리가 생각하는 것보다 도덕적 삶을 지향하고 노력하며 살아간다. 그가 참이라 말하는 '그럴 수도 있지.'라는 마음의 결은 한 번에 이루어지는 것은 아니다. 신이 아니기에 인간이기에 그럴 수 있는 것이며, 그러함에 뉘우치고 참회하며 더 나은 인간이 되고자 하는 것이 아니랴. 가짜 모범생일지라도 거듭하다 보면, 참 모범생이 되는 것이리라.

가짜 모범생을 옹호하는 것은 아니다. 다만, 여전히 가시 박힌 말을 쏟아내고 있는 그를 보며 나의 태도를 돌아보고 있다. 그가 하는 요구는 한번이 두 번 되고 두 번이 세 번으로 늘어난다. 그를 향한 배려는 주장으로 이어지고 이어진 배려는 권리라 여기는 듯하다. 그렇다고 그가 원하는 것을 매번 들어줄 수도, 무시할 수도 없다. 화가 나서 소리치는 사람도 이야기를 들어주면 뿔난 성정이 누그러진다. 그러나 그는 자신의 주장을 인정해 줄 때까지 분노에 찬 목소리를 높인다. 나는 과연 이런 상황에서 어찌 대하는 것이 가짜 모범생이 되지 않는 것인지 혼돈스럽기만 하다.

핸드폰에 녹음된 대화 내용을 다시 듣는다. 미처 몰랐던 나의 모습과 정면으로 마주한다. 기계음을 타고 흘러나오는 목소리는 마치 내가 아닌 듯하다. 건조하고 지극히 사무적인 말투, 아니 그의 말을 들어주기보다 오히려 그가 잘못되었다는 것을 조곤조곤 지적하고 있다. 평소의 나는 이렇지 않다며 부정하고 싶지만, 그 모습은 영락없는 나고 적잖이 교만한 모습이다.

가면이 벗겨진 적나라한 모습에 곤혹스럽다. 홀로 듣고 있지만, 부끄러움에 얼굴이 붉어진다. 애초부터 그의 반복되는 주장과 말은 틀린 것이니 들을 필요가 없다고 생각한 것은 아닐까. 그가 배려를 권리로 알고 있다는 생각도 나의 생각일 뿐이다. 그의 입장을 이해하기보다 그 사람이 나의 생각에 공감하고 떠나길 바라는 마음이 느껴진다. 불편한 상황에서 '그럴 수도 있지'까진 아니더라도 처음부터 장벽을 치고 그를 대한 행동에 변명의 여지가 없다. 부정할 수 없는 나의 모습을 마주하고서야 강사가 말하고자 했던 의미를 깨우친다. 자신도 모르는 자신의 모습까지도 마음의 결과 행동이 닮아야 한다는 의미이리라. 강사는 스스로 보호하고자 하는 이기심의 위험을 가짜 모범생이라 강조한 것이다.

미처 보지 못한 이면의 모습이 이제야 보인다. 물론 거짓이라는 단어가 나쁘다고만 할 수 없다. 상대의 잘못을 감싸주고자 하는 악의 없는 거짓말, 하얀 거짓말도 있지 않으랴. 가짜라 치부할 행동이 때론 누군가를 향한 응원이며 성숙한 삶으로 나아가는 노력일 수 있다. '어찌 그럴 수가 있어'라는 반문이 아닌 '그럴 수도 있지'라는 긍정의 마음에 이르는 것은 어쩌면 백지 한 장의 차이일지도 모른다. 그것은 마음가짐에 따라 충분히 달라질 수 있으리라. 연주자가 더 좋은 소리를 얻고자 연주회 전 꼭 조율의 시간을 갖듯 우리 마음에도 조율의 시간이 필요하다.

가짜 모범생이라는 말에서 헤어 나오지 못한 마음도 마주한다. 어쩌면 나는 두꺼운 가면을 쓰고 살아왔는지 모른다. 그런 탓에 그의 말이 유독 아프게 나를 흔든 것이리라. 한때는 마음의 곁을 주지 않는 일이 나를 지키는 일이라 여겼다. 마음을 주고 상처를 받는 일을 경험하며 장막을 치면, 상처를 받지 않으리라 생각했다. 그런 정서가 나를 가짜라는 가면 속에 더 깊이 숨게 했을지도 모른다. 또한, 누구에게도 쉬이 곁을 내주지 않으니 다른 이들과 공감 능력도 부족했으리라. 가짜 모범생이란 말에 불에 덴 듯 반응한 것도, 쉽게 받아들이지 못한 마음도 그 탓이다.

이제 무거운 '가짜'라는 가면은 벗어버리고 싶다. '어찌 그럴 수 있어.'라는 뾰족한 마음이 아닌 '그래, 그럴 수도 있지.'라는 참 마음에 집중한다. 그가 떠나고 뜨거운 차 한 잔을 준비한다. 오늘 그는 나에게 가짜가 아닌 참으로 가는 길을 안내한다. 어느 날 문득 그가 다시 찾아온다면, 따스한 차 한 잔 내어줄 마음의 여분을 준비하리라. 나의 마음을 다독이듯 창밖엔 조용히 가을비가 내린다.

# 다시 지금은

'다시 지금은'이란 한 문장에 붙들려 책장을 넘기지도 덮지도 못하고 있다. 작가의 가슴 밑바닥에서 끌려 나왔을 문장은 짧지만 강렬하다. '다시는 아무것도 빌지 않게 해달라고/ 스스로에게 빌어야 하는 날들이 이어지고 있었습니다.'라는 문장이 생각을 멈추게 한다.

지난 기억 속 한 꼭지에 머문다. 인간의 몸체가 한없이 보잘것없는 물체라는 걸 경험한 날이다. 한순간 마디가 잘린 나의 손가락은 문제가 아니었다. 그는 참으로 고왔다. 날씬한 몸매에 키는 나보다 두상 하나는 더 컸다. 입원 내

내 그의 눈물을 본 기억이 없다. 다만 내가 잠든 사이에 애끓는 속울음을 얼마나 울었을지 짐작만 해볼 뿐이다.

그 일은 처음 경험하는 일이었단다. 그녀는 도시 변두리에 있던 미장원을 정리한 지 삼 년째라고 한다. 두 해 정도 쉬었으나 평생 일을 놓았던 적이 없어서인지 쉬는 것도 즐겁지 않아 들어간 회사이다. 그가 한 일은 긴 컨베이어를 타고 나오는 완제품을 포장하는 단순 작업이다. 한순간의 방심이 큰 화를 부른 것이다. 컨베이어가 이상해 둘러보다 그만 바지가 벨트에 끌려 들어간 것이다.

내 작은 상처를 위로하고자 찾아온 이들을 내쫓듯 보낸다. 아니 손톱 밑을 찌르는듯한 통증에도 신음을 내지 않으려 삼킨다. 그녀의 불행을 보며 나의 불행은 별거 아니라는 생각이 드는 것조차 미안하다. 삶이 고단하다고 보이지 않는 신에게 악담과 애원을 반복하며 지내고 있던 내가 아니던가. 내게 "다시는 그 어떤 것도 탓하지 않으리라. 더는 빌지 않으리라."라고 마음을 다지게 한 그녀가 다시 책 속 문장으로 호통을 치는 것만 같다.

그녀가 진심으로 편안하기를 기도한다. 다시는 땅을 딛고 두 발로 서지 못할 상황에서도 절망하지 않던 그녀도 환갑이 지났으리라. 어머니와 시골로 들어가 살겠다는 그녀와 연락을 주고받지 않은 터라 소식은 알 길이 없다.

우리의 육신은 얼마나 보잘것없던가. 작은 가시에도 자신의 몸을 방어하지 못하고 붉은 피를 토해낸다. 나 또한 넘어지고 엎어져도 툴툴 털고 일어서던 몸은 어디 가고, 미끄러지는가 싶으면 여지없이 뼈가 부러지는 허약한 몸이다. 그런 탓에 "다시는 아무것도 빌지 않겠다."라는 각오는 허망한 메아리로 들린다. 어느 사이 "넘어지지 않게 해주세요, 다치지 않게 해주세요. 아프지 않게 해주세요." 라고 빌고 있는 나를 발견한다. 그런 탓일까. 작가의 문장이 허를 찌른다. 그가 적은 "다시는 아무것도 빌지 않게 해달라고/ 스스로에게 빌어야 하는 날들이 이어지고 있었습니다."라는 문장이 욕심으로 질주하는 나를 깨워 앉힌다. 건강이 어디 빌어서 될 일인가. 스스로 건강한 몸으로 만들어야 한다는 진리를 알고 있지 않으랴. 그래, 이만하면 충분하다. 아이들이 건강하고, 이제 어미의 보살핌이 없이도 살아갈 정도로 성장하지 않았던가. 더는 아이들을 굶길까 노심초사하지 않아도 되며, 그토록 빨리 늙기를 기도한 것 또한, 이루어 진 것이 아니랴. 지금 무엇을 더 원한단 말인가. "다시는 아무것도 빌지 않게 해달라고/ 스스로에게 빌어야 하는 날들이 이어지고 있었습니다."란 문장을 되뇌이며 나의 질주하는 욕심을 다잡는다.

* 박준 『운다고 달라지는 일은 아무것도 없겠지만』

「충청투데이」 2022년 4월

# 뒷모습

도로 위 폭군이 따로 없다. 갑자기 끼어든 차에 놀라 급브레이크를 밟는다. 몸속 모든 신경이 예리한 바늘에 찔린 듯 소름이 돋는다. 놀란 마음을 진정하고 앞을 바라보니 방금 스친 차량이 곡예를 하듯 자동차 사이를 넘나든다. 위험을 감수하고 달리는 이유가 있으려니 이해하나 놀란 마음이 쉬이 진정되지 않는다.

넓은 사 차선 도로는 주차장이 된 듯 붉은 불빛이 장관이다. 고단한 일과를 마치고 누군가는 집으로, 누군가는 연인과 친구를 만나고자 약속장소로 향하는 중이리라. 차량 흐름이 느려지는 즈음, 동안 보지 못했던 차 뒷모습이 눈에 들어온다. 차량의 모양과 크기가 모두 다르듯 불빛도 다양하다. 어떤 차량은 마치 수줍은 소녀의 모습인 양 보이고, 각진 사각형으로 남성적 매력을 발하는 모습도 있다. 그러고 보니 조금 전 난폭운전을 하던 차의 뒷모습은 정글을 누비며 포효하는 수사자의 모습을 닮은 듯하다.

차량의 뒷모습은 그저 불빛이 아니다. 시동 걸고 출발하면, 운전하는 사람의 성격이 오롯이 드러난다. 초보 운전자 뒷모습은 조심하는 모습이 역력하다. 차선도 바꾸지 않고 과속도 하지 않는다. 반대로 잠시도 가만히 한 차선을 지키지 못하는 차량도 보인다. 오른쪽 왼쪽 깜빡이를 번갈아 번쩍거리며 머리부터 들이미는데 당할 재간이 없다. 그쯤 되면 혹여 사고라도 나지 않을까 바라보는 사람이 더 조마조마하다. 운전하는 사람의 성깔이 거울 보듯 훤히 드러나는 상황이다. 유년 시절 흙먼지를 날리며 떠나는 버스의 뒷모습은 그리 난폭하지 않았던 것 같다.

그 추억 때문만은 아니다. 전국을 누비고 싶다는 생각에 대형버스 운전을 배운 적이 있다. 강사는 '빨리 가는 것은 중요하지 않다. 승객을 도착지까지 안전하고 편안하게 모시겠다는 사명감이 필요하다'고 강조한다. 운전은 결코, 소홀히 시작할 일이 아님을 깨닫는다. 신작로를 달리던 버스의 뒷모습은 화려하진 않으나 여유로움이 배여 있었던 것 같다. 운전을 직업으로 하기에 턱없이 부족한 스스로 깨닫고 포기했던 기억이 선명하다. '뒷모습'은 가슴 아릿한 풍경도 떠오르게 한다.

남자는 제단 위 잔의 술을 퇴주 사발에 비우고 다시 술을 채운다. 그러더니 고인에 대한 예의는 차리지 않고 풀썩 바닥에 주저앉아 퇴주 사발 가득한 술을 벌컥벌컥 들이마신다. 그리 몇 번을 반복하는 남자의 허리춤에서 삐져나온 와이셔츠 자락이 펄럭인다. 마치 그보다 먼저 술에 취한 듯 허연 몸을 비틀거린다. 비록 남자의 뒷모습만 보았을 뿐인데 그의 슬픔이 오롯이 전해온다.

사내와 마주한 영정 속 남자는 미소를 짓고 있다. 마치 '짜식, 왜 그리 풀이 죽었어. 기운 내야지'라고 말하는 듯하다. 누구나 장례식장으로 향하는 발걸음은 편치 않으리

라. 평소 가까웠던 아니 그렇지 않은 사람이라 할지라도 이생을 떠나는 이를 배웅하기란 쉽지 않다. 사내의 허리춤 늘어진 와이셔츠 자락은 아직 너를 보낼 준비가 되어있지 않다며 절규하는 친구의 마음인 것만 같다.

그의 마음을 짐작한다. 허공을 걷는 듯 멍한 그 마음을, 현실인지 꿈인지 분간할 수 없는 마음을 어찌 모르랴. 사내는 매년 함께했던 여행길에 둘도 없는 친구를 잃었다. 친구들을 보고자 숙소로 향하던 밤길에 발을 헛디뎌 낙상을 당한 것이다. 서로가 다른 숙소에 있으려니 짐작하고 잠이 들어 다음날에야 끔찍한 현실을 접한 것이다. 황망하고 아득했을 마음이 사내의 등을 통해 오롯이 전해온다.

뒷모습은 어떤 가식도 포장도 없다. 출근하기 전 거울 앞에서 화장하고 머리를 매만지는 내 모습을 떠올린다. 화장한 모습이 마음에 들지 않을 때는 여러 번 수정한다. 하지만, 뒷모습은 어떠한가. 대부분 머리를 끈으로 질끈 묶고 굳이 뒷모습은 거울에 비춰보지 않는다. 어쩌면 뒷모습이 그 사람의 모습을 가장 잘 나타내고 있을지도 모른다.

오십이 넘으면 자신의 얼굴에 책임을 져야 한다는 말이 있듯 뒷모습에도 책임이 따르지 않을까. 자신은 볼 수 없지만 무수한 이들이 보고 있을 뒷모습이다. 걷고 있는 뒷모습이든, 달리는 차량의 뒷모습이든 누군가는 그 모습으로 나를 기억할지도 모른다.

주차하고 차량 뒤를 살펴본다. 늘 동행하여 한 몸처럼 여겼지만, 미처 살피지 못했던 뒷모습이다. 자신의 눈에는 쉬이 보여주지 않고 무수한 타인의 시선에만 열려있는 뒷모습이 아닌가. 도로의 폭군이 되어 타인에게 불안감을 주지 않도록 그의 뒷모습도 신경 쓰리라. 또한, 친구를 보내던 남자의 힘겨운 이별이 너무 오래가지 않기를 빌어본다.

나의 뒷모습은 이제 생기 넘치는 청춘은 아니다. 다만 기본을 지키고 살아온 순편한 모습이길 바란다. 타인에겐 양보할 줄 아는 너그러움과 슬픈 이에게 내어줄 든든한 등을 품었으면 한다. 누군가에겐 가슴 저편에 박혀 있다 아련히 떠오르는 그리움으로 남을 수 있다면 더욱 좋으리라.

『푸른솔문학회』 2020년 여름호

# 모든 것은 때가 있다

밥 한 그릇을 뚝딱 비운다. 아쉬운 듯하나 이만하면 되었다 싶은 포만감을 누린다. 아이를 가졌을 때처럼 자꾸 새콤한 것이 당긴다. 어머니가 만들어 주던 물김치를 먹었으면 좋으련만, 그럴 수 없으니 어쩌랴. 부족한 솜씨로 물김치를 담아보기로 한다. 냉장고를 열어보니 마침 물김치를 담을만한 재료들이 있다.

새콤한 물김치 먹을 생각에 침샘이 돈다. 무는 먹기 좋은 크기로 나박나박 썰고, 사과 반쪽을 같은 모양으로 썬다. 마늘 두어 개는 얇게 저며두고, 물에 마른 고추를 불려

고운 빛깔의 국물도 준비한다. 물김치의 화룡점정인 골파와 미나리도 있으니 재료 준비는 충분하다. 김치통에 준비한 재료들을 가지런히 담고, 붉은빛이 곱게 우러나온 국물을 부어 마무리한다. 색도 양도 딱 좋다. 물김치는 하루 동안 상온에 두었다 내일쯤 먹으면, 새콤한 맛을 즐길 수 있으리라. 생각만 해도 입맛이 돌아오는 듯하다.

물김치의 새콤함이 약간 아쉽다. 들쑥날쑥한 기온을 예상 못 한 탓이다. 하지만, 두 딸이 맛있게 먹어 주니 이만하면 좋다. 음식 장사를 할 것도, 손님을 초대할 일도 아니니 무엇이 걱정이랴. 저녁에는 물김치에 국수를 말아먹자는 작은 아이의 말에 아쉽던 기분이 좋아진다. 불현듯 맞춤, 시기, 적당함이란 단어를 떠올린다. 지난 연휴에 딸들과 보고 왔던 뮤지컬 루드윅이 던진 질문이기도 하다.

외출의 목적이 뮤지컬은 아니다. 뮤지컬을 좋아하는 엄마를 위해 딸들이 선택한 작품이지만, 클래식 음악을 향한 이해가 부족하니 호기심은 많지 않았다. 다만, 딸들과 데이트할 절호의 기회이니 놓칠 수는 없지 않으랴. 언젠가

책에서 읽었던 구절을 떠올리며 들뜬 마음으로 나선다. '더욱 아름답기 위해서라면 이 세상에 범하지 못할 규칙이란 단 하나도 없다.'라는 말을 베토벤이 했다지 않던가. 범하지 못할 규칙이 없다니. 범상치 않은 사람은 분명하다.

모든 것은 적정한 때가 있지 않으랴. 땅에서 꽃이 피고, 하늘에서 별이 반짝이는 현상은 자연스러운 일이리라. 하지만, 그 하늘 아래 땅을 밟고 살아가는 우리네 삶은 당연한 이치로만 흐르지 않는다. 어떤 이는 만나기를 바라지 않는 악연을 기어이 만나는가 하면, 온 생을 빌어 소원하는 인연이 야멸차게 비켜 서는 일도 종종 발생한다. 이것이 참으로 얄궂은 인간의 삶이고 생이리라. 활짝 핀 꽃에 나비가 찾아와 앉듯 자연스러운 삶이란 어쩌면, 담 너머 바라본 타인의 삶, 그도 아니면, 드라마에서나 있을 풍경이리라. 천재 음악가 베토벤의 삶도 그러했다.

음악가에게 청각은 목숨과 같다. 베토벤이 음악성을 인정받고 활동하던 즈음에 청각에 이상 징후를 느끼기 시작한다. 부모를 잃고 홀로 고아가 된 발터가 베토벤을 찾아온 때도 그때이다. 발터는 음악에 천재성을 인정받았으나 베토벤이 후견인 겸 제자로 받아주지 않는다면, 고향에 머물 수 없는 상황이다. 하지만, 음악인의 생명이 경각에 달려 있던 베토벤에게 소년의 간절함이 보이지 않은 것은 당연한 일이었으리라. 발터가 양부모에게 향하는 배에 오른 일도 그 배가 항해 중 난파되어 발터가 사망한 것도 누구의 잘못은 아니다. 그들의 삶이 뜻대로 흘러가지 않은 것은 어쩌면, 신의 영역이지 않았으랴. 베토벤은 오랜 세월 소년의 상황을 듣지 못하고 살아간다. 아니 후에 소식을 들어도 그의 마음에 발터는 존재하지 않는다. 세월이 흐르고 베토벤도 안정을 찾는 듯하다. 누나가 어렵게 살아가는 소식을 듣고 조카를 양아들로 입적하고 남은 생을 헌신하기 전까지는 그의 삶도 평탄한 듯 보였다.

베토벤의 심장은 아들로 인해 다시 뛰기 시작한다. 하지만, 음악을 대하는 베토벤과 아들의 생각은 서로 평행선을 달린다. 베토벤의 지나친 관심은 오히려 아들을 무력감에 빠지게 한다. 그것을 알 수 없는 베토벤은 자신이 더 노력하면 아들의 삶이 나아지리라 생각하지만, 그들의 삶은 점점 깊은 수렁으로 빠진다. 그들은 마치 영원히 만나지 못할 기차의 레일을 달려가는 듯하다.

양아들은 '나는 발터가 아니라고요.' '당신에게 음악을 배우고자 열망하던 발터는 이미 죽었다고요.'라고 울부짖으며 생을 마감한다. 베토벤은 비로소 자신의 집착이 죽어간 한 소년을 향한 죄의식에서 비롯되었음을 깨닫는다. 하지만, 어찌 베토벤의 잘못이라고만 할 수 있으랴. 서로의 삶이, 서로의 마음이, 서로의 간절함이, 때를 맞추지 못하고 어긋난 탓이다. 극이 후반을 흐르고 있다.

마리의 대사가 이어진다. '당신의 음악은 저 너머 세상으로 나를 귀 기울이게 해요.'라고 한다. 그녀는 베토벤을 사랑했던 것일까. 베토벤은 생의 끝자락에서 그녀에게 편지를 보낸다. 마리의 편지를 읽는 대목에 이르러 객석에서 하나둘 훌쩍이는 소리가 들린다. 발터의 후견인으로 베토벤을 만났던 그녀는 수녀가 된 후이다. 나도 눈물을 훔친다. 그들은 서로를 깊이 사랑한 것이리라. 하지만, 인연의 때를 알아차리지 못해 영원히 만날 수 없는 레일을 달린 것이리라. 소중함과 가벼움의 때를 알아차리지 못해 허둥대는 것이 인간이 아니랴.

모든 것은 때가 있다. 꽃의 피고 스러짐도, 밥상에 오르는 소소한 반찬이 맛을 내는 것도 적당한 때가 필요하다. 극이 끝나고 딸들에게 '베토벤과 그의 아들, 발터와 마리가 조금은 늦게 아니 조금만 일찍 만났더라면, 좋았을 텐데'라며 아쉬움을 비추니 웃는다. 인간이 어찌 맞춤의 인연을 알아챌 수 있으랴. 다만, 생을 돌아 만난 소중한 인연을 홀대하지 않기를, 부디 놓아야 할 인연을 붙들고 몸부림치지 않기를 소원할 뿐이다. 베토벤의 '더욱 아름답기 위해서라면 세상에 범하지 못할 규칙이란 단 하나도 없다.' 라는 말은 그때를 놓치지 말라는 의미이리라.

인간이 어찌 적정한 맞춤과 때를 알 수 있으랴. 나의 삶을 세월의 흐름에 따라 흐르도록 두는 것이 옳은지, 그 흐름의 방향을 바꾸는 도전이 옳은지, 질문이 질문의 꼬리를 문다. 다만, 우리의 삶이 새콤한 맛을 기다리다 폭삭 시어 빠진 물김치가 되지 않도록 살펴볼 일이다. 아니 어쩌면, '그 모든 것의 때'를 놓치지 않겠다는 마음도 인간의 지나친 욕심이 아닐까. 소유하고자 하는 때가 아닌 내려 놓아야 할 때를 알아차리는 지혜가 절실하다.

# 살방

바닷가 작은 한의원이다. 옛 가정집에 살림살이 대신 진료에 필요한 용품들을 교체한 후 병원으로 사용되고 있다. 주방은 약방으로 거실은 침방으로 쓰고 있는데 한의원이라기보다 사랑방 분위기에 가깝다. 딸들과 여행 중에 찾게 된 한의원이다. 접수하고 삼십여 분 남짓 기다리는 중이다. 짧은 시간이지만, 그곳에 앉아있으니 작은 어촌의 일상이 눈으로 본 듯 그려진다.

잔뜩 허리가 굽은 할머니 한 분이 병원을 향해 걸어온다. 할머니는 의원을 들어서자 언제 그랬냐는 듯 굽었던 허리를 꼿꼿하게 편다. 그러고는 손에 들었던 가방을 바닥에 툭 던져두고 비가 내리지 않는다며 푸념을 늘어놓는다. 주변을 둘러봐도 모두 침을 맞는 침방에 있을 뿐 그곳엔 나 혼자이다. 나에게 하는 말인가 싶어 멀쑥한 표정을 짓는데 느닷없이 벽을 넘어 거리낌 없는 대화가 오간다. 침방의 다른 환자들도 치료 받으러 온 것이 아닌 친구를 만나러 온 듯 이야기꽃을 피운다. 그들이 주고받는 이야기 속 세월은 널을 뛰듯 출렁이나 누구도 괘념치 않는다. 아니 서로가 서로의 이야기 틈으로 슬그머니 끼어들기까지 한다. 할머니의 이야기는 한참 창령산을 오르는 중이다.

바닷가 주민들에게 한의원은 살방을 대신하고 있는 듯하다. 한의사도 쑤시는 육신만 치료하는 것은 아닌 듯하다. 침을 맞으며 서로의 안부도 확인하고 정겨운 말벗도 되니 이는 병원이라기보다 살방이라 해야 옳을 장소이다. 의사는 주말이면 아내와 산을 찾는단다. 바닷가에서 산을 찾는다니 생경한 느낌이다. 평범한 생각으로 이곳에 터를 잡은 건 아니리라. 그는 작은 어촌의 한의사로 살방의 주인으로 일인이역을 수행중이다. 의사가 작은 어촌에 한의원을 개원한 사실이 궁금하나 그 이야기는 들리지 않는다.

한의원을 살방 드나들 듯 찾는 할머니가 부럽다. 나에게도 살방처럼 찾는 곳이 있을까. 나의 활동 주변을 돌아본다. 사람이 주변머리가 없어 주저 없이 누구를 찾는 일이 드물다. 그나마 즐겨 찾는 곳이 있다면 바다이리라. 거침없이 달려와 하얗게 부서지는 파도를 무심히 바라보는 것을 좋아한다. 출렁임 없이 조용한 바다도 좋다. 어려서부터 물가에서 자란터라 바다에서 헤엄치는 일도 서슴지 않는다. 백사장에 앉아 수평선을 보고 있으면, 시간의 흐름도 잊는다. 해결되지 않을 고민 따위도 미련 없이 파도에 실려 보낸다. 홀로 와도 외롭지 않고 두서넛이 와도 소란스럽지 않으니 더욱 좋지 않으랴. 그리 생각을 하다보니 바다를 나의 살방이라 해야할까.

백사장에는 매일 수많은 이들이 발자국을 남기고 떠난다. 모두가 떠나고 나면, 바다는 홀로 그 흔적을 지운다. 바다는 그렇게 다시 말쑥한 모습으로 새롭게 찾아드는 이들을 맞이하고 그들을 다시 웃으며 배웅한다. 푸른 바다도 하얗게 부서지는 파도도 찾아오는 이들에게 자신의 삶을 투정하지 않는다. 살방을 찾듯 자신을 찾은 이들의 이야기에 조용히 귀 기울여 준다. 거듭 찾아도 가끔 찾아도 변함이 없다. 언제나 어서 오라는 듯 파도를 너울거리며 반긴다. 또한, 그들이 토해낸 많은 이야기에도 '임금님 귀는 당나귀 귀'라고 떠들어대지 않으니 바다는 더없이 믿음직한 살방이 아니랴.

한의원 문을 열고 밖으로 나서자 반가운 파도 소리가 훅 달려든다. 두 딸이 기다리는 숙소로 걸음을 재촉한다. 오늘은 딸들에게 바닷가 백사장에서 쉬어가자고 하리라. 너무 뜨겁지 않은 햇살이 내 걸음보다 성큼 앞서 딸들에게로 나아간다. 모두가 자기만의 살방을 두어 지친 심신을 쉬어 갈 수 있다면 더없이 좋으리라. 나만의 '휴休' 살방을 향해 발걸음을 재촉한다.

「충청투데이」 2021년 12월

# 외로움에 대하여

보리빵 한 조각을 입에 넣고 천천히 오물거린다. 담백한 맛이 입안 가득 퍼진다. 보리빵 한 개를 먹고 손에 든 아이스커피를 마신다. 더위에 눅눅하던 기분마저 개운해지는 느낌이다. 다시 빵 한 조각을 오물거리며 오가는 사람들의 모습과 표정을 구경한다. 두 손을 꼭 잡고 걸어가는 사람, 커피를 주문하는 사람, 화장실로 달려가는 사람. 표정도 행동도 다양하다. 나는 급할 일 없어 느긋하게 그 풍경을 보고 있다. 허기를 느낀 것도 아니다. 휴게소에 내렸다가 좋아하는 보리빵이 보이기에 벤치에 앉아 먹는 중이다.

'외롭게 왜 혼자 가'라는 친구의 말을 떠올린다. 나는 속으로 '그대는 지금 안 외롭느냐'고 묻고 싶은 것을 참는다. 외로움은 혼자일 때에 찾아오는 불청객은 아니다. 인간은 둘이 있어도 셋이 함께여도 아니, 사람이 넘쳐나는 광장에서도 외로움을 느끼는 존재이리라. 오죽하면, 지인은 남편과 한 이불 속에 있어도 외로움을 느낄 때가 있다고 하지 않던가. 그것은 마음의 문제이지 옆에 사람이 있고 없고와는 관계가 없으리라.

나는 종종 홀로 여행을 즐긴다. 집에 식구가 많지 않아 많은 시간을 혼자 있지만, 그것과는 다른 경험이다. 여행은 오롯이 나 혼자의 시간이기에 생각마저 쉴 수 있는 시간이다. 집에서는 읽히지 않던 책도 여행지에서는 술술 읽힌다. 지난번 구매하고도 아직 읽지 못했던 책을 챙긴다. 여행지는 부러 가깝지 않은 먼 거리를 택한다. 나라는 존재가 하나의 사물이 되고 누구에게도 인식되지 않는 곳, 그런 곳을 찾아든다.

혼자여도 혼자가 아닌 시간이 길어진다. 군중 속 나의

모습이 낯설다. 어디를 가도 사람과 사람이 넘쳐난다. 말과 사람, 사람과 말로 이어진 끊임없는 길에 내가 서 있다. 시지프스의 삶처럼 오르면 다시 시작하고, 오르면 다시 시작하는 사람들과의 관계가 길어질수록 나도 모르는 내 모습이 점점 낯설어진다. 인간은 세상과 단절하고 홀로 살아갈 수는 없다. 하지만, 나 스스로 점점 낯설어지는 내가 적응하기 쉽지 않다. 본디 나의 모습이 어떤 모습이었는지조차 잊고 지내는 날이 길어진다.

오늘도 약속을 까맣게 잊었다. 내가 왜 이러는지 혹 겁이 나기도 하고 웃음이 나기도 한다. 지인의 전화를 받고서야 퇴근 후 약속이 있었다는 것을 알아챘다. 또한, 퇴근 후에는 몸이 물에 빠진 솜처럼 무겁다. 일에 지쳐 잠을 자고 다음 날은 다시 일터로 사람에게로 달려가는 날의 연속이다. 다시 쓰러지고 다시 나가고 어느 순간은 '일 중독일까'라는 생각이 들기도 한다. 하지만, 생업인 업무를 중독이란 단어로 치부하기는 가당치 않다. 더구나 나는 생업으로 하는 일을 즐기고 있지 않은가. 점점 엉킨 실타래가 되어가는 나를 바로잡고자 혼자만의 일정을 잡는다.

먼저 숙소를 정한다. 오래된 집을 한옥으로 리모델링한 숙소는 작고 예쁘며 가격까지 안성맞춤이다. 안주인의 안내를 받고 주방에서 차 한잔을 나눈다. 마음에 드는 숙소에 들었으니 주변의 볼거리를 찾는다. 하지만, 내가 숙소에서 나와 관광지를 찾는 일은 드물다. 이번에도 산책 정도이지 더 멀리는 가지 않으리라. 책을 읽고 그동안 쓴 글을 정리하고 가능하다면, 새로운 글감을 메모하는 일로 시간을 보낸다. 평소보다 일찍 일어나 트레이시 키더의 '고통은 너를 삼키지 못한다'를 읽는 중이다. 자국의 내전을 피해 미국으로 온 데오의 삶을 따라가고 있다. 힘겹지만, 부끄럽거나 초라해지지 않는 그의 삶에 동화되어 가는 중이다.

외로움은 외로움을 잊게 한다. 혼자의 여행이 가능하다는 것은 버석거리는 일상에서 나를 찾고 싶다는 간절함이다. 한동안은 목숨줄인 생업을 잃을까, 내 아이들을 양육할 수 없을까 조바심을 냈던 적도 있다. 내가 하고 싶은 일이 무엇인지 내가 갖고 싶은 것이 무엇인지는 생각할 겨를이 없었다. 고작 몇 년 전의 내 모습이다. 돌아보니 잘 자라준 아이들에게도 주변에도 감사한 이들이 많다.

이제 아이들이 아닌 나의 삶, 혼자 살아가는 연습이 필요하다. 외로움과 친해지는 연습도 그중 하나이다. 전자레인지에 스프를 데워 남은 보리빵으로 늦은 저녁을 먹는다. 고요함 사이로 스며드는 외로움과 마주한다. 꾸미지 않은 삶, 치장하지 않은 나의 시간이다. 외로움을 연습하지 않아도 그 외로움을 사랑할 준비가 되어있는 것일까. 처마에 떨어지는 빗소리가 듣기 좋다.

# 2부 — 가무내 연가

∽

코흘리개 아이의 성장과 햇볕에 까맣게 그을린 부모님의 삶도 기억 속에만 존재할 뿐. 모든 것이 잊히리라. 동그란 문고리에 지문처럼 남은 허리 굽은 할머니의 흔적도 사라지리라. 대문을 밀고 불어오던 소슬바람도 흙벽을 넘어 돌아오지 않는다. 세월이 흘러 사람의 흔적이 없는 집은 머물던 주인의 허리처럼 굽어 기울어지고 있다.

∽

# 단장

방송에서 차량을 옮겨달라는 목소리가 다급하다. 아파트 외벽의 묵은 때를 벗기고 새롭게 단장 중이다. 베란다로 다가가 광장을 내려다본다. 순간 비닐을 뒤집어쓴 자동차들 풍경에 절로 웃음이 난다. 마치 파마머리를 하고자 비닐 모자를 쓴 미용실 속 풍경이 아닌가. 알록달록한 보자기를 쓴 채 시장을 돌아다니던 나와 어머니의 모습을 보는 양 착시를 일으킨다. 햇살에 눈이 부신 광장을 넘어 미용실에 수다 소리가 들려오는 듯하다.

산촌에서 미용실을 찾기란 쉽지 않다. 먼 거리 읍에 나가야 미용실의 붉은색 간판을 만난다. 그곳에서 파마머리를 하고 온 여인은 마을에서 스타가 된다. 단정한 파마머리는 다른 여인들의 시샘과 부러움을 한 몸에 받는다. 돌아오는 장날 몇몇 여인이 미용실을 가고자 새벽차를 기다리는 모습을 보면 알 수 있다. 고불고불 곱게 말린 이웃 여인의 머리를 보고 가시덤불처럼 엉성한 자신의 머리가 흉해 보였으리라.

산촌의 여인들이 자신을 꾸미고자 시간을 내기란 녹록지 않다. 이웃의 잔치나 농한기 단체관광을 갈 때가 아니면 곱게 차려입고 나갈 일도 없다. 바쁜 와중에 자신을 가꾼다는 것은 사치일 뿐이다. '고양이 손이라도 빌리고 싶다'란 속담이 있잖은가. 뭉툭한 앞발이, 아니, 사람 말을 알아듣지도 못하는 까다로운 고양이가 무슨 도움이 되겠는가. 그런 고양이 손까지 빌리고 싶을 정도로 바쁘다는 것을 빗댄 말이지 않으랴. 그런 그들이 장날만큼은 농작물을 망가뜨리는 들짐승의 행패도, 악착같이 솟아오르는 텃밭의 잡초도 잊는다. 장에 나가 구해올 것도 있겠지만, 그것을 핑계 삼아 미장원을 찾는 것이다.

미용실은 파마머리만 하고자 찾는 곳은 아니다. 때론 여러 마을의 소식도 듣고 밀린 이야기를 주고받는다. 미용사는 다른 손님에게 들은 이야기를 마치 자신이 본 듯 맛깔스럽게 구연한다. 그들에게 특별한 사건이 없던 터라 화자話者나 청자聽者나 귀가 솔깃하고 흥미진진하다. 미용실에서 들은 이야기는 여인보다 빨리 골짜기를 타고 마을로 달려간다.

시골 장터엔 없는 것이 없다. 미용실에 들른 참에 농사일에 필요한 물품과 생활용품을 사야 한다. 장에 나오기 전 꼼꼼히 적어두었던 것을 사고자 알록달록한 파마 보자기를 쓴 채 장터를 누빈다. 그리 시간을 보내다 보면, 어느새 주변은 어둑어둑해지고 장터도 파장 분위기이다. 새벽차를 타고 나온 이들이 해가 서산 봉우리에 걸쳐서야 마을로 돌아온다.

나는 종종 어머니를 따라 장날 행차에 동행한다. 그럴 때면 아버지는 커다란 고추 자루를 버스에 실어준다. 배불

뚝이 고추 자루는 내 머리를 변신시켜줄 미용실 아주머니에게 줄 삯임을 안다. 학교에서는 나를 모르는 이가 없다. 얼굴이 예뻐서도 공부를 월등히 잘해서도 아니다. 바로 '곱슬머리' 때문이다. 웬만한 곱슬머리라면 말도 꺼내지 않는다. 사자 머리형 악성곱슬인 탓에 모두가 나를 기억한다. 처음 부임하는 선생님치고 나를 불러 세우지 않는 분이 없다. 곱슬머리인 것을 모르고 멋을 부리고자 파마를 했다고 오인해서다. 나는 창피해서 쥐구멍이라고 찾아 들고 싶은 심정이었다. 학기가 시작되기 전 부모님이 나를 미용실로 데려가는 이유이다.

미용사는 머리칼에 파마약을 바른 후 오랜 시간 빗질한다. 그리해야만 검불 더비 같던 머리칼이 어느 정도 가라앉는다. 곱슬머리를 펴줄 특별한 미용법이 없던 시절이다. 하지만, 그 시절 산촌의 미용사가 내게 해주었던 시술은 미래에 출시될 매직 파마가 아닌가. 그녀는 분명 미용계의 선구자이다. 아직도 머릿결을 매만지던 그녀의 부드럽고 여문 손끝의 느낌이 또렷하다.

내 머릿결은 사연이 참 많다. 부모님은 머리를 밀면 '곱슬기'가 없어질까 싶어 머리칼을 완전히 밀어준 적도 있다. 돌아보면 황당했던 그 모습에 웃음이 절로 나지만, 막내의 검불만 같은 머리칼을 바라보는 부모님 고민을 짐작하고도 남을 사건이다. 요즈음은 내가 곱슬머리라는 것을 아는 이가 별로 없으니 다행인가. 윤기가 자르르 흐르며 일자로 좍 펴지는 스타일, '매직' 파마가 그 비결이다. 나는 머릿결을 유지하고자 미용실을 주저않고 찾는다.

두 딸도 나를 닮아 곱슬기가 심하다. 머리가 마음대로 손질되지 않는다고 투정할 때면 죄인이 된 듯 주눅이 든다. 내 어머니의 고민을 이제야 헤아린다. 어쩌면 똑 닮았단 말인가. 그래도 지금은 매직퍼마라는 신기술이 있으니 얼마나 다행인가. 두 아이의 손을 잡고 미용실로 들어선다. 우리를 맞는 원장의 얼굴에 곤혹감이 스친다. 잠시 머뭇거리던 그가 아예 미용실 셔터를 내린다. 매직 파마는 특성상 잠시 한눈을 팔면 머리카락이 부서지는 불상사가 생긴다. 하니 미용사의 행동이 결코 과한 것이 아니다. 더구나 한 명도 아닌 셋의 등장이라니 어쩌랴. 그녀의 단호한 결정에 느닷없이 미용실을 통째로 빌린 격이다. 언제 이렇듯 곡진한 서비스를 받겠는가.

인생에 의미 없는 일은 없는가 보다. 곱슬머리로 인하여 특별한 서비스를 받게 될 줄이야. 돌이켜보니 곱슬머리로 인한 장점도 적지 않다. 삼십여 년 만에 만난 친구가 날 단번에 기억하는 것도 곱슬머리 덕분이다. 늘 타박만 했던 머릿결이지만, 덕분에 남들은 경험하지 못할 추억이 하나 또 생긴 것이다.

아파트 광장 차량을 덮은 비닐봉지가 벗겨진다. 페인트 작업을 마친 아파트는 우중충한 거죽을 벗고 말끔한 모습으로 변신이다. 누가 이십 년 된 아파트라고 보겠는가. 며칠을 부산스럽더니 기대 이상의 번듯한 모습이다. 나 또한 수고한 보람이 있다. 곱슬머리를 펴느라 허리가 뒤틀리는 몇 시간을 참아낸 후 거울에 비친 모습에 흡족하다. 제 모습이 마음에 드는지 두 딸도 참새 떼처럼 쫑알거리며 신이 났다. 지루한 시간을 인내한 덕분이다. 미용실이나 관리실이나 정겨운 이웃 간의 정은 여전하다. 불편함을 참아줘 감사하다는 안내 방송에 입가에 흐뭇한 미소가 흐른다.

미용실에서 나온 딸들이 걸음을 옮길 때마다 긴 생머리가 춤추듯 찰랑거린다. 아파트 정문에 닿는 순간 단지를 녹일 듯 타오르는 붉은 노을에 숨이 멎는 듯하다. 머리가 바뀌니 나의 감성도 풍부해지는가. 덩달아 단장을 마친 보금자리가 더욱더 아늑하게 느껴진다.

『수필오디세이』 13호 2023년 봄호

# 둥치

오래 묵은 화석만 같다. 평지에 눕지도 못하고 꼿꼿이 선 채 속은 텅 비어 있다. 나무는 달과 별을 벗하며 청량산 깊은 산자락을 지켰으리라. 이제 더는 푸른 잎을 피우지 못하고 고사한 모습이다. 고목은 자신의 역할을 묵묵히 다한 지금 무슨 생각에 잠겼을까. 검은빛 둥치가 갈라지고 터져 제 모습을 잃어가는 형상을 보자니 마음이 숙연하다.

단풍에 휩싸인 산사 오름길이라 그 모습이 뚜렷하다. 고목의 형상을 찬찬히 살핀다. 어디에도 생명의 기운이라곤 보이지 않는다. 다만, 둥치의 크기로 보아 나무의 수명을 가늠한다. 함께한 지인은 그냥 지나칠 수 없다며 고목을 카메라에 담는다. 나무에 생명의 흔적이 없다는 말은 과연 맞는 말일까. 찢기고 터지고 마른 고목일지라도 그 몸을 둥지 삼아 살아가는 미물에게는 더없이 귀한 터전이다. 나무는 죽어서도 죽지 않은 것인지도 모른다. 산천은 머지않아 잎을 떨구고 빈 몸인 검은빛 둥치만 덩그러니 남으리라. 그 모습은 마치 아버지의 삶과 겹쳐진다.

당신의 삶은 가족이 전부인 듯 보였다. 오로지 가족을 지키고자 흔들림이 없었다. 하지만, 당신의 삶에 피해갈 수 없는 비바람도 불었다. 외할아버지는 도포 자락 가득 먹구름을 몰고 다녔다. 술을 거하게 드신 날엔 기어이 사달이 났다. 시집간 딸의 살림이 펴지길 바라는 아버지의 애타는 마음이었으리라. '남의 귀한 자식 데려와 고생만 시킨다.'라며 가슴에 웅크린 주정이 장대비처럼 쏟아졌다. 외할아버지의 도포 자락이 휩쓸고 지나간 집안은 짙은 먹구름 속에 잠겼다. 아버지는 더는 참을 수 없다는 듯 '이제 고생하지 말고 넉넉한 너희 집으로 돌아가.'라며 어머니에게 오만소리를 해댔다. 당신은 마음에도 없는 소리를 하고 마루를 내려오며 나에게 신발을 가져오라고 하였다. 순간 아버지 목소리에서 알 수 없는 분노가 느껴졌다.

두려움에 감히 가까이 다가갈 엄두가 나지 않았다. 당신은 정녕 평소와 다른 낯선 모습이었다. 당신에게 신발을 냅다 던져주고는 큰아버지 댁으로 도망쳤다. 그러나 큰댁 마당으로 쉬이 들어서지 못하고 주춤거리던 내 모습에 큰아버지의 마음도 편찮아 보였다. 그즈음 아버지는 각고의 노력에도 벗어나지 못한 궁핍한 살림에 가슴엔 멍이 들고 보기 흉한 옹이도 생겨났으리라.

기억 속 아버지의 바지가 할아버지의 도포 자락처럼 펄럭거렸다. 평범한 바지를 입어도 몸이 마른 당신에겐 통바지처럼 보였다. 허리가 줄었으니 바지는 대책 없이 흘러내렸으리라. 화롯불에 달군 송곳으로 벨트에 구멍을 내던 모습이 빛바랜 사진을 보는 듯 흐릿하게 떠오른다. 하지만, 새벽부터 가족을 챙기느라 바빴던 그 날의 외마디 비명은 어제의 일인 듯 귓전에 선명하다. 이른 새벽 몰려드는 졸

음 탓이었을까. 부산스럽던 그 날 광경은 오랜 시간이 흐른 지금도 잊히지 않았다.

아버지의 손은 언제 어디서나 쉴 틈이 없었다. 손가락 하나를 잃으셨지만, 당신의 낫질이나 호미질은 멀쩡한 이들의 손보다 거침이 없었다. 겨울철이면 유독 화롯불에 자주 손을 쪼이던 이유를 비로소 알 것 같았다. 제대로 된 치료 없이 거친 농사일로 손가락은 통증과 함께 얼음처럼 차갑고 시렸으리라. 자신의 살점을 도려내 곤충들의 보금자리로 내어 준 둥치의 삶이 아버지의 삶을 보는 듯 애잔하다.

아버지를 닮은 또 다른 거목 앞에 서 있다. 나무둥치를 서너 명이 손을 맞잡고 안아보나 어림없다. 사람들과 떨어져 거목의 주위를 한 바퀴 돌아본다. 겉모습과는 달리 사람의 머리보다 큰 옹이가 박혀 있다. 다른 한편엔 옹이보다 큰 구멍도 보인다. 구멍 안에 발라놓은 회색빛 물질인 시멘트에 눈살이 찌푸려진다. 인간은 둥치에 그 어떠한 생명체도 허락하지 않겠다는 뜻인가. 하지만, 나무는 괘념치 않는다는 듯 주변의 분위기를 압도할 만큼 당당하다. 아버지를 향한 그리움을 달래듯 상처투성이인 둥치를 가만히 쓰다듬는다.

거목 주변으로 사람들이 하나둘 몰려든다. 하지만, 옹이와 상처에 관심을 두는 이는 많지 않다. 그저 울긋불긋 화려한 단풍에 환호할 뿐이다. 성질 급한 잎은 바삐 붉어졌다가 이내 땅으로 곤두박질치는 중이다. 일행 중 한 명은 단풍의 고운 빛깔을 전통염색에 이용하겠다며 봉지에 담느라 바쁘다. 둥치의 삶이 어떻든, 그들에게는 중요하지 않아 보인다. 때마침 지나던 심술궂은 바람이 나뭇가지를 흔든다. 나뭇잎이 허공에서 뱅그르르 맴돌다 땅으로 떨어진다. 여전히 나무는 미동도 없다.

둥치의 삶은 정녕 아버지의 삶과 닮았다. 둥치는 새싹이 자라 빛나는 모습에 자신의 노고를 생색내지 않는다. 자연의 순리대로 나뭇잎은 물들고 스스로 떠나기까지 묵묵히 지켜봐 주리라. 잎의 표면적을 키워 서둘러 꽃처럼 떨어져도 아쉬워하지도 않는다. 설령 당신의 몸이 부서지고 옹이가 생긴다 한들 묵묵히 자식을 지켜보던 아버지의 삶이 그러하다.

내 삶의 둥치, 당신이 머문 자리로 찾아든다. 삶이 외롭고 지칠 땐 덜컹거리는 완행버스에 오른다. 버스는 마을 앞 흙먼지 가득한 신작로에 사람들을 토해내고 떠난다. 나는 먼지구름도 괘념치 않고 소리 높여 아버지를 부른다. 당신은 기다렸다는 듯 방문을 활짝 열고 반긴다. 그 모습을 보는 순간 온몸을 짓누르던 고단함이 사라진다. 아버지의 품에서 나는 익숙한 땀 냄새를 맡으며 더없는 평온함을 느낀다. 뭇사람들은 마르고 까만 모습에 인상이 무섭다고도 하지만, 그것은 당신을 모르고 하는 소리이다. 세상 누구보다 따스한 당신의 품을 그들이 어찌 알랴.

둥치의 모습은 크게 변하지 않는다. 계절이 바뀌어 소복이 쌓인 눈 속에 잠길지라도 짙은 갈색이나 회색빛 그대로이다. 이듬해 싹을 틔우고 꽃을 피우고자 겨우내 단단한 나이테를 더하여 허리를 곧추세울 뿐이다. 자신의 삶을 가꾸기보다 자식의 삶을 지키고자 애쓰는 아버지의 인생도 나무의 삶도 오직 베풂의 생生이다.

둥치를 바라보며 당신의 마음을 가늠한다. 어린 자식이 눈도 마주치지 않고 내동댕이치듯 던져준 신발을 신으며 아버지는 어떤 마음이었을까. 자신의 모든 것을 내주고 속이 텅 빈 채로 떠났을 당신. 오늘은 그 가엽고 위대한 품이 그립다. 고목은 죽지 않았다. 둥치는 여린 생명의 보금자리와 휴식처로 머물고 있지 않은가. 나 또한, 당신이 머문 자리를 찾아 새로운 기운을 얻는다. 그러니 내 마음속에 어찌 당신이 떠났다고 할 수 있으랴. 둥치가 아버지인 양 다가가 가만히 안아본다.

월간 『한국수필』 2022년 7월

# 가무내 연가

내가 자라온 공간이 사라지고 있다. 코흘리개 아이의 성장과 햇볕에 까맣게 그을린 부모님의 삶도 기억 속에만 존재할 뿐. 모든 것이 잊히리라. 동그란 문고리에 지문처럼 남은 허리 굽은 할머니의 흔적도 사라지리라. 대문을 밀고 불어오던 소슬바람도 흙벽을 넘어 돌아오지 않는다. 세월이 흘러 사람의 흔적이 없는 집은 머물던 주인의 허리처럼 굽어 기울어지고 있다.

주인이 떠난 집은 사람의 온기가 느껴지지 않는다. 그 집에 더는 머물 자손도 없다. 작은 산촌의 역사를 기억하는 사람들이 가무내에 얼마나 더 머물 수 있을까. 마을에는 일손을 도울 젊은이도 없다. 큰아버지가 마을의 유일한 남성인데 당신도 이제 가무내에 더는 머물 수 없단다. 병이 깊어 요양원으로 모신다는 사촌의 말이 아득하게 들린다.

가무내는 지독한 몸살감기를 앓는 중이다. 도시에서 내려온 낯선 이들이 빈집을 기웃거린다. 몇 곳은 이미 집을 허물고 멀끔한 새집이 들어섰다. 최근 자주 듣던 '세컨하우스(휴식의 집)'란 명목으로 지어진 집인가 보다. 그 집 주인은 휴일에만 내려와 잠시 머물다 자신들이 있던 자리로 되돌아간다. 그러니 이웃과의 소통할 시간이 없다. 대부분 대문은 단단히 자물쇠가 채워지고 가뭄에 콩 나듯 겨우 문이 열린다.

집은 제 역할을 다하지 못하고 있다. 집이란 함께 머물며 어울려 살아야 하는 장소이다. 그래야 집에 머무는 이들의 향기를 품지 않으랴. 대궐 같은 집일지라도 대문이 열린 날보다 닫힌 날이 많은 집. 과연 주인이 그리도 원했던 '힐링'을 줄 수 있을까. 가무내의 변화가 안타깝기만 하다. 예전 가무내의 정겹고 따스한 풍경이 그리움이 아닌 현재에 존재하기를 소망한다.

오늘도 마음은 가무내로 향한다. 미원 삼거리에서 성당을 끼고 돌면 좁은 플라타너스 가로수길이 이어진다. 그 길을 따라 삼십여 분을 더 달린다. 사방이 얕은 동산에 둘러싸인 조그마한 마을, 앞으로는 시냇물이 흐르는 조용한 산촌이다. 지금도 무더운 여름철이 되면, 도시의 소음과 더위에 지친 사람들이 종종 찾아드는 곳이다.

가무내를 현천이라고도 부른다. 둥글고 납작한 검은색 돌이 많아 그리 불렀다고 한다. 깊은 개울 바닥에 검은 돌이 그대로 보일 정도로 개울은 맑았다. 유년 시절 친구들과 물속에서 돌을 주워오는 놀이를 즐겼다. 넓적한 돌 하나를 주워 개울 깊은 곳으로 던지고는 그것을 찾아오는 놀이를 하였으니, 물이 얼마나 맑았는지 가늠이 되리라. 지금의 강변은 많이 변했다. 검은빛을 내며 깊고 넓게 흐르던 개울의 모습이 아니다. 무분별한 골재 채취가 원인이리

라. 어느 날부터 냇가 이곳저곳에서 자갈과 모래를 퍼 나르는 트럭들이 부산스러웠다. 이제 강변은 아이들이 놀 수 없는 공간으로 변했다. 유년 시절 친구들과 밤낮으로 뛰어놀던 놀이터는 자취도 없이 사라졌다. 골목 어귀까지 왁자지껄하던 풍경이 눈앞에 선하지만, 수풀만 무성하다.

산천의 풍경은 이미 봄이다. 희끄무레한 무채색 옷을 벗고 산 능선은 핑크빛으로 단장 중이다. 하지만, 가무내의 들녘에는 예전처럼 못자리나 비닐하우스 등은 보이지 않는다. 일손이 부족한 탓도 있지만, 오일장에서 어떤 묘목이든 튼실하고 씨알 좋은 것을 손쉽게 구할 수 있기에 힘들여 키우지 않는다. 큰아버지 댁도 새싹을 키우던 비닐하우스가 보이지 않는다. 곧 가무내를 떠나리라는 사촌의 말대로 떠날 준비를 하는 것이리라. 하지만, 큰아버지의 생각은 다른 것일까.

당신은 오늘도 집 앞 텃밭을 일구고 있다. 평생 일구던 땅이 묵정밭으로 변하는 것은 볼 수 없다는 몸짓이신지,

아니면 이곳을 떠나기 싫다는 무언의 항변인지는 알 수 없다. 큰아버지는 텃밭에 고구마 모종을 심으신단다. 당신이 떠나면, 누가 그 밭을 일구고 가꾸랴. 그런 사실을 알고도 모르는 척하시는지는 알 수 없다.

용고새 너머로 정을 나누던 시절은 아니다. 마을에는 열린 대문보다 닫힌 대문이 더 많다. 대문이 열린 집도 자식은 떠나고 나이 든 노인들뿐이다. 그들이 가무내에 얼마나 더 머물 수 있으랴. 남은 노인들마저 떠나는 날, 산촌의 집은 침묵의 열쇠가 채워지리라. 아니 도시의 누군가가 휴일에 이용하고자 대문에 더 큼직한 자물쇠를 채울 수도 있으리라.

내가 살던 집도 이제 주인이 없다. 성장하여 형제가 떠나고 부모님도 떠난 후 큰오빠는 집을 처분한다. 오랫동안 덩그러니 주인 없는 신세였으나 다행히 십여 년 전 도시에서 생활하던 할머니가 새로운 주인이 되었다. 집에 온기가 드는가 싶었지만, 올해 초 서울 할머니도 병환으로 세상을 떠났다고 한다. 집은 다시 주인을 잃고 자물쇠가 채워진다. 어머니가 애지중지하던 우물가 불도화도 수국도 저 홀로 외로이 꽃을 피우리라. 그리 생각하니 알 수 없는 서러움이 밀려온다.

가무내의 옛 풍경이 눈에 선하다. 하지만 기억 속 젊은이들은 도시로 떠나고 노인들은 생을 달리한다. 인디언은 '한 명의 노인이 죽으면 도서관 하나가 사라지는 것'과 같다고 하지 않았던가. 가무내를 지키고 있는 저분들이 떠나면, 마을의 역사를 기억하고 말해줄 분이 더는 없으리라. 가슴이 먹먹하다. 큰아버지는 한 번도 가무내를 떠나 생활한 적이 없다. 당신은 남은 생도 가무내에서 머물러 살고 싶으리라. 하지만, 어쩔 수 없는 생에 이끌려 고향을 떠나는 그 심정을 나는 감히 짐작만 할 뿐 알 길이 없다. 당신은 지금껏 이어오던 일상을 한순간에 멈출 수 없었듯, 남은 생도 의지대로 흐름의 길을 바꿀 수는 없으리라. 골목을 훑고 불어오는 바람이 볼을 스친다. 아직 가시지 않은 찬 기운을 품고 있다.

다시 가볍게 외투를 걸치고 가무내로 향한다. 산촌의 시간은 나의 삶이자 그 뿌리의 시작이다. 가무내의 역사와 그곳 사람들의 삶을 글로나마 담아내고 싶다. 산촌에 함께 머물렀던 동네 사람과 현존하는 어르신들과 앞으로 살아갈 이들도 '글집'에 담아두고 싶다. 글집에서는 가무내가 사라지지 않고 큰아버지와 어르신들이 마을을 떠나야 할 일도 없다. 또한, 작물이 홀로 씨알을 키울 일도 없으니 좋으리라. 하지만, 지금의 현실도 가무내의 역사이자 생인 걸 어찌 부정하랴. 흙담을 끼고 골목길을 천천히 걷는다. 돌 틈 사이에 핀 노란 민들레꽃이 나의 상념과 다르게 봄바람에 사정없이 하늘거린다.

『그린에세이』 2022년 7, 8월호

「충청투데이」 2022년 3월

## 연필

연필심 깎이는 소리가 명쾌하다. 연필 아랫부분을 검지로 받치고 엄지로는 칼날 머리에 힘을 준다. 나무 조각이 생선 비늘처럼 일어났다 떨어지며 까만색 연필심이 조금씩 드러난다. 이면지를 책상에 깔고 칼날을 가볍게 놀려 연필심을 다듬는다. 순간 '뚝' 소리와 함께 심이 부러진다. 손아귀에 힘이 과했나 보다. 연필을 깎을 때는 손가락 힘의 강약이 중요하다. 힘이 들어가면, 연필심은 가차 없이 부러진다. 다시 면도칼을 쥔 손에 힘을 조절하며 연필을 깎는다. 필통에 잘 깎여진 연필을 키 순서대로 나열한다.

나는 학생도 아니면서 필통에 깎은 연필이 가지런히 있는 것을 보면, 기분이 좋다.

연필의 모양과 크기는 각양각색이다. 손가락 두세 마디 정도로 짧아진 연필도 있고 그보다 작은 몽당연필도 있다. 몽당연필은 따로 모아둔다. 아까워서도 꼭 필요해서도 아니다. 쓰기에는 불편한 몽당연필이지만, 정이 들어서인지 쉬이 버려지지 않는다. 샤프라는 예쁘고 기능 좋은 것을 두고 굳이 깎아 쓰는 연필을 고집하느냐 묻는다면, 할 말은 없다. 그냥 깎아 쓰는 연필이 좋아서라는 정도이다. 손에 잡히는 감각도 좋지만, 연필을 깎는 과정도 좋다. 유년시절 부러지고 뭉툭해진 연필을 깎아 필통에 가지런히 담아주던 아버지의 모습이 그리워 그리하는 것인지도 모른다. 잘 깎은 연필을 보면, 호롱불 아래에서 연필을 다듬던 당신의 모습이 떠오른다. 나에게 연필은 그저 연필이 아닌 당신과의 추억을 품고 있는 물상이다 .

필통 속에는 늘 곱게 깎인 연필이 가지런했다. 아버지는 농사일이 바쁘고 고단하셔도 언니, 오빠 그리고 나의 연필을 직접 깎아 주셨다. 그런 아버지 옆에서 나도 연필을 깎아보지만, 뭉툭하거나 연필심이 부러져 예쁘지 않고 볼썽사나운 꼴이 되곤 했다. 아버지가 깎아주신 연필은 단정하고 예뻤다. 종이 위에 연필로 글씨를 쓸 때 들리는 '사각사각' 소리도 참 좋았다. 당신이 깎아 준 연필로 글자를 쓰고 문장을 적으며 막내는 소녀에서 숙녀로 다시 어른이 된 것이다. 그러다 문득 바라본 내 긴 인생도 어느새 몽당연필이 되어가고 있다.

나의 삶과 연필의 생이 닮지 않았던가. 나무라는 물질이 연필심을 감싸고 있듯 우리네 몸도 마음이란 가늘고 깊은 심지를 품고 있다. 우리는 오랜 세월 스스로 삶을 기록하느라 마음심은 조금씩 조금씩 닳아가고 있던 것이다. 생의 거친 칼날에 꺾이고 부러지는 일도 부지기수이지 않았으랴. 하지만, 바닥에 쓰러진 몸을 일으켜 세우는 것도 몸 안 깊숙이 자리한 마음이다. 마음심이 부서지고 부러지고 때론 뭉툭하게 깎일지라도 소중한 자기 삶이다. 아니 그것을 깨달을 때 비로소 몽당연필처럼 작아진 자신을 발견하곤

한다. 하지만, 몽당연필이 되어야 늘씬한 볼펜 꽁지에 올라 본래의 길이보다 사유 깊은 문장을 적지 않으랴. 우리의 삶도 연필의 삶도 다르지 않다. 남은 생의 쓰임을 생각할 나이가 되어서야 진정한 삶의 주인이 되지 않으랴.

연필을 깎아 가지런히 정돈하니 기분이 좋다. 호롱불 아래 연필을 깎던 나의 아버지, 당신을 떠올리며 날카롭던 나의 마음결도 정돈한다. 우리네의 삶도 적절한 힘 조절이 필요하다. 긴 연필이 몽당연필이 되어 새로운 생을 경험하듯 우리의 삶도 나이가 들수록 사유가 깊어진다. 젊은 청춘처럼 새뜻한 생으로 돌아갈 수는 없다. 하지만, 누구나 젊어 본 적은 있으나 늙어 본 적은 없지 않은가. 나이 든 것이 자랑은 아닐지라도 진정한 삶의 철학은 나이가 들어야 깊어지리라. 몽당연필을 볼펜에 꽂아 글씨를 쓴다. 종이를 스치는 연필 소리가 당신을 향한 그리움을 부른다.

「충청투데이」 2021년 5월

# 맏이

비는 그칠 줄 모른다. 오히려 빗살이 점점 거세진다. 어머니는 가슴이 답답하다고 방문을 열어두란다. 당신은 간신히 일어나 앉아 장대같이 내리는 비를 하염없이 바라본다. 그 시선은 마당을 지나 대문 밖을 서성인다. '네 언니는 언제 온다니' 엄마는 이른 아침부터 채근하듯 언니를 찾는다. 나는 '조금 전 버스를 탔으니 한 시간 정도면 도착할 거야'라고 말해주고 어머니의 마른 몸을 조심스레 받쳐 자리에 눕힌다.

전화기 너머 들려오는 언니의 목소리가 떨리고 있다.

터미널에서 곧 떠나는 버스를 타고 출발한단다. 언니는 어린 조카 둘을 데리고 셋째를 임신한 중이다. 언니의 상황은 어머니를 병간호할 수 없는 처지이다. 하지만, 병원과 산촌을 오가며 어머니를 간병 중이다. 당신은 몸 상태가 점점 나빠져 물을 마시기조차 힘겨워진다. 급기야 언니는 형제들 집을 돌며 냉장고에 얼려둔 얼음을 모아 병원을 오가곤 했다. 요즘 같으면 편의점에서 사기라도 했을 것을 그도 수월치 않던 시절이다. 깨끗한 거즈에 얼음을 말아 당신의 입에 물려준다. 당신은 그제야 조금씩 녹아 흐르는 물로 겨우 목마름을 해결한다. 다른 자식들은 직장을 다닌다는 핑계로 그 모든 것은 맏딸인 언니의 몫이 된다.

엄마가 다시 애타게 언니를 찾는다. 언니는 어려서부터 몸이 약해 성장한 후에도 집을 떠나 생활한 기간이 짧다. 결혼 전까지는 부모님과 생활했고 결혼 후에도 자연스레 친정의 살림살이를 살핀다. 경제력이 넉넉해서가 아니다. 다른 자식들이 경제활동으로 요란스레 효도 흉내를 낸다면, 언니는 부모님이 남들에게 누추하게 보이지 않도록 소리 없이 챙긴다. 부모님의 속옷이나 양말이 구멍 나고 헤어진 것을 살펴 챙겨두는 것도 늘 언니이다. 그것을 생색내지도 않았으며 부모님도 당연하다 여겼으리라. 나 또한, 그런 모습을 맏이로서 당연한 일이라 여긴 듯하다.

세상에 당연한 일이 어디 있으랴. 애정 없는 마음에는 행동이 따르지 않는다. 그날 어머니의 모습에 많은 뜻이 담겼음을 짐작한다. 큰딸에게 매 순간 고마운 마음을 표현 못 한 것은 그만큼 다른 자식보다 가깝고 편한 존재라 여긴 마음이리라. 아니, 맏이는 당신이 말하지 않은 속마음을 알고 있으리라 여긴 것이 아니랴. 당신이 먼 여행을 떠나던 그날만큼은 고마운 맏이에게 그 마음을 표현하고 안아주고 싶은 마음이었으리라. 더불어 당신에게도 가장 두려운 시간이었을 그 순간에 자식이며 친구 같고 때론 보호자였던 언니의 넓은 품이 그리웠으리라. 버스를 몇 번이나 갈아타고 와야만 하는 거리를 꾀부리지 않고 오가던 딸이다. 맏이가 보란 듯이 잘 살기를 바란 것도 당신의 소망이었으리라. 하지만, 자식의 삶이 부모의 소원대로 된다던

가. 맏이의 고단한 삶을 모른 채 한 것도 당신이 자식을 향한 최소한의 예의라고 여기셨으리라.

어머니의 얼굴이 한결 편안해 보인다. 모든 것을 내려놓으신 듯하나, 여전히 언니만은 애타게 찾는다. 언니가 버스에서 내려 허둥지둥 달려 대문을 들어선다. 그토록 애타게 딸을 기다리던 엄마도 촌각을 다투며 달려온 언니도 말이 없다. 둘은 서로를 조용히 품에 안은 채 이별을 한다. 어머니가 떠나시는 그 시각 새벽부터 내리던 소낙비가 잦아들고 있다. 아버지는 조용히 마루로 나가 앞산만 바라본다. 그날의 기억이 선명한 까닭은 어머니와의 슬픈 이별 때문만은 아니다. 어머니와의 이별보다 가슴 아팠을 그 일을 막내는 잊지 못한다.

말보다 날카로운 비수가 어디 있으랴. 당신에게 한 모질었던 말이 소멸하지 않고 날카로운 비수가 되어 나의 가슴을 옥죈다. 당신의 흔들리는 눈빛과 표정이 잊히지 않는다. 어머니를 간호하느라 지친 당신은 막내가 왔으니 잠시 숨을 돌릴 수 있었으리라. 다소 안심하고 벽에 기대어 감기는 눈을 애써 참는 당신에게 칼보다 날카롭고 화살보다 뾰족한 말살을 쏜다. 당신의 삶에서 가장 힘겨운 시간을 보내고 있을 아버지에게 '지금 잠이 오세요'라니, 그 고약함은 당신과 나만이 알고 있으리라. 그 한 마디가 당신을 무너지게 한 것은 아닐지 싶어 숨이 막힌다. 잊은듯하면 떠오르고 잊으려 할수록 더욱 선명해진다. 비가 내리는 날이면, 화살보다 날카로운 말살이 옷을 적시고 나의 가슴에 사정없이 날아와 꽂힌다. 그 탓이리라. 한동안 고향 집을 찾지 못한다.

부모님 산소에 들러 옛집을 찾는다. 집은 오랫동안 사람이 살지 않은 탓에 해가 지날수록 무너지고 본래의 모습을 잃어간다. 새 주인이 본채를 이용하지 않은 탓에 흙집은 형체를 잃고 스러지고 있다. 마당이, 마루와 뜰팡도 이리 작았던가. 어머니가 언니의 품에 안겨 주무시듯 떠난 모습도, 빗살이 쏟아지는 풍경을 초점 없는 눈으로 바라보던 아버지의 모습도, 어제인 듯 선명한데 어디에서도 그 흔적을 찾을 수 없다.

마루에 뽀얀 먼지를 털고 앉는다. 마당과 대문을 지나 멀리 개울에 시선이 머문다. 유년 시절 지게에 나무를 가득 메고 내려오는 아버지를 용케도 알아보고 개울로 내달음치던 기억이 선명하다. 순간 알 수 없는 감정이 밀려온다. 세상이 무너지는 듯 참담했을 당신에게 어찌 그런 말을 하였을까요. 그날의 빗소리도 차마 숨겨주지 못했던 불효를 용서하소서. 당신의 가시는 길 목청껏 울지 못한 연유를 이제야 알았습니다. 당신이 떠나신 뒤에야 당신의 마음을 돌아봅니다. 용서하소서.

# 그곳에 살고 싶다

툇마루를 뚫고 오른 대나무가 천정을 향한다. 사람이 없으니, 제가 주인인 양 솟아오르고 있다. 시골집을 외면한 탓이다. 우후죽순 솟아오른 대나무가 뒷켠을 넘어 집안까지 침투 중이니 황당한 노릇이다. 누렇게 바랜 벽지와 달리 거울에는 오색종이로 오려 붙인 꽃은 색도 모양도 그대로이다. 거울에 금이 간 것을 막고자 붙인 듯하다. 불어오는 산들바람에 뒤란의 댓잎 서걱거리는 소리가 거세진다.

비스듬히 쓰러진 부엌문을 밀고 들어선다. 가마솥이 있던 자리에 솥은 없다. 아궁이가 온기를 빼앗긴 설움을 토로하듯 시커먼 입을 벌리고 있는 모습이 쓸쓸함을 넘어 기이한 느낌마저 든다. 땔감이 차곡차곡 쌓여있을 부엌 한켠은 텅 비어있다. 식구들로 북적이던 한때는 그곳에 장작더미가 가득했으리라. 가마솥에 김이 오르고 밥물이 흐르면, 구수한 밥 냄새가 집안 가득 퍼진다. 밥을 먹고 시장해질 때쯤 불씨를 품고 있는 아궁이에 고구마와 감자 옥수수 등 군것질거리를 구워 먹는다. 요즈음은 기름이나 가스, 전기 등으로 불을 대신하니 좋은 땔감이 있어도 전혀 소용이 없다. 지금이라도 뒷산에 오르면 땔감으로 쓰일 나무는 얼마든 있다. 아니 집 주변 무수한 대나무만 베어도 땔감으론 충분하다. 그것들을 주워 군불을 지피고 이곳에 살 수 있다면, 얼마나 좋으랴.

옛 주인이 사용하던 우물은 그대로 쓰고 싶다. 산 골짝이를 타고 내려오는 물줄기는 생활하기에 부족함이 없으리라. 샘 옆으로 흐르는 작은 도랑을 막아 미나리를 심으면 좋겠다. 끼니마다 한 움큼씩 잘라 전도 부치고 얇게 썬 무와 함께 나박김치를 담아두면, 삼시 세끼 반찬 걱정은 없지 않으랴. 양념에 조물조물 무쳐 먹는 겉절이는 봄철 달아난 입맛을 단박에 잡아주리라. 우물물을 나도 먹고 미나리도 주고 마당에 심을 꽃들과도 나누며 일찍 찾아든 산골의 밤을 맞으리라. 바람에 날아온 나뭇잎이 허공에서 빙그르르 맴돌더니 작은 우물 위로 사뿐히 내려 앉는다.

홀로 마당을 서성이며 그리 꿈을 꾼다. 언니 오빠는 몇 해를 묵힌 집 상태를 살피느라 분주하다. 도시에서 한 시간여 거리인 시골집을 더는 묵힐 수 없어 다 같이 보고자 찾은 참이다. 시골에 살고 싶다 노래를 부르나 생업을 병행하기엔 거리가 문제이다. 하지만, 산골로 들어와 살고 싶은 마음과 현실은 어느 한쪽으로도 기울지 않고 팽팽한 줄다리기 중이다. 아니 넓은 집이라면 엄두를 내지 못하리라. 평소 게으르기로 둘째가라면 서러울 내가 아닌가. 작은 마당에 작은 방 그토록 좋아하는 툇마루가 있으니 무엇이 더 필요하랴.

가족이 함께 휴식할 수 있는 공간을 꾸미자는 쪽으로 의견이 모아진다. 이미 작은 마당엔 저마다 소원하는 꽃들로 넘실거린다. 채송화를 심자는 언니와 분꽃과 접시꽃을 가꾸자는 나, 아이들도 저마다 저희가 좋아하는 꽃 이름을 부르며 생기가 넘친다. 수국과 해바라기까지 심으려면, 사람이 지나다닐 공간이 있으려나 싶은 작은 마당을 품은 집, 나는 간절히 이곳에 살고 싶다.

산골에서 자란 탓인가. 마음은 무시로 흙과 나무를 찾아 산골을 맴돈다. 작은 방 앉은뱅이책상에 앉아 책을 읽고 글을 쓰는 복을 누린다면, 더 무엇을 바라겠는가. 산골 작은집에 사람의 훈기가 넘치는 훗날을 꿈꾸며 사립문 없는 집을 나선다. 마루에 솟아오른 대나무가 주인인 양 푸른 잎을 펄럭이며 우리를 배웅한다.

「충청투데이」 2021년 4월

# 사진

홍시가 툭 떨어진다. 까치는 쪼아대던 홍시가 바닥에 떨어지니 먹잇감을 포기하고 옆 가지로 포르록 날아간다. 까치가 나뭇가지를 넘나드느라 아침부터 부산스러운 몸짓이다. 감나무 가지가 담장을 넘어 신작로 바닥에 닿을 듯 늘어져 있다. 신작로 건너 능선에는 잔설이 남아 희끗희끗하다. 부모님이 계신 산촌 앞산에도 잔설이 남아 저와 같은 모습이리라. 매운 날씨 탓인지 그리움 탓인지 코끝이 새큰하다.

창문을 닫고 돌아서다 벽에 걸려 있는 액자에 시선이 머문다. 액자는 이사 오던 날부터 늘 같은 자리를 지키고 있다. 햇살은 거실 안 깊숙이까지 들어와 오래도록 머문다. 사진이 흐릿하게 빛이 바랜 것은 그 탓이다. 액자 속이 아닌 테두리 모서리에 꽂혀있는 사진에는 빨간 고추가 풍성하다. 아버지는 멍석에 고추를 고르고 막내는 옆에서 해찰을 떠는 모습이다. 당신은 햇살에 검게 그을리고 말랐지만, 건강한 모습이다.

사진 속 세상은 더없이 한가롭다. 아버지는 막내딸이 당신의 생전 나이보다 많아졌음을 알면 어떤 표정을 지으실지 궁금하다. 사진 속 세상은 당신도 나도 세월이 멈춘 채 옛 모습 그대로이다. 당신이 한 번도 품에 안은 적 없는 외손녀와 함께 삼대가 환하게 웃고 있다. 사진 속 세상이기에 가능한 일이다. 사진은 과거와 현재의 경계가 없다. 또한, 가장 넉넉하고 즐겁고, 평안한 모습이 존재하지 않으랴. 당신의 모습을 사진으로 더 많이 남겨두지 못한 아쉬움이 후회로 남는다.

친정에 가는 친구들이 부럽다. 남편과 말다툼을 한 날에 나도 당당히 친정에 간다며 대문을 박차고 나서고 싶다. 당신들에게 그의 흉을 낱낱이 고해 바쳐 혼쭐이 나는 모습을 보고 싶다. 당신은 아이들의 소리가 들리면, 맨발로 달려나와 품에 안아주었으리라. 두 팔 벌려 손녀를 안아주는 정겨운 풍경을 수없이 상상하고 꿈꾸었으나 현실에서도 꿈속에서도 이루어지지 않는다. 그 모든 일이 안타까운 그리움으로 남는다.

사진첩을 펼친다. 생업에 종종대느라 잊고 지낸 시간, 얼굴, 순간들이 그 속에 있다. 그토록 그리워한 당신의 더 많은 모습도 그 안에 담겨있다. 조금은 어색하고 조금은 무뚝뚝해 보이는 표정은 아마도 쑥스러운 마음을 숨긴 탓이리라. 겨울 땔감으로 산처럼 쌓아놓은 장작더미 앞에서 찍힌 여자아이의 사진을 발견한다. 짧은 나일론 치마에 무지개색 티셔츠, 분홍색 구두에 머리를 길게 땋아 내린 아이는 초등학교 입학하기 전 내 모습이다. 사진을 찍던 날의 기억은 선명하지 않다. 서울에서 공부하던 큰오빠가 방

학에 내려와 찍어준 것이리라. 잊고 지낸 기억들이 퍼즐을 맞추듯 살아난다.

산촌의 겨울은 공기마저 꽁꽁 언다. 하늘만 빼꼼한 산골은 햇살이 오래 머물지 않은 탓도 있지만, 유독 춥다. 어머니는 가마솥에 데운 물을 한 바가지씩 떠서는 찬물과 섞어준다. 학교에 가고자 준비하는 우리들의 세숫물이다. 뜨거운 물 한 바가지가 어찌 산골의 시린 추위를 녹이랴. 오그라드는 손발로 고양이 세수하듯 물만 묻히고는 방으로 내달음친다. 미처 손에 남은 물기를 닦지 않아 쇠 문고리에 손이 쩍 늘어 붙는 느낌이 전해오는 듯하다. 참으로 으스스한 산촌의 추위다. 잠자기 전 윗목에 놓아둔 물이 꽁꽁 얼고 밥상에 올라온 동치미 국물에도 살얼음이 언 채 밥상에 올라온다. 하지만, 당신은 아무리 매서운 바람도 개의치 않는다. 이른 새벽이고 늦은 밤이고 방이 식었다 싶으면 아궁이에 불을 피운다. 당신의 그런 보살핌에 산골의 매서운 추위를 이기고 건강히 자란 것이리라. 나이가 들수록 당신의 넓은 품이 사무치게 그립다.

그리움 끝자락에는 늘 두 분이 계신다. 당신과 함께 화롯불에 둘러앉아 군고구마를 구워 먹던 추억도 화롯불을 가지고 장난치다 불 멀미로 고생하던 시간도 돌아보니 눈물 나도록 그리운 시간이다. 아랫마을 아저씨에게 듣던 옛날이야기 시간도 잊히지 않는 그리움이다. 아저씨의 이야기는 매서운 바람 소리도, 혹한의 추위도 잊어버리게 하는 마법의 힘을 지녔다. 다만, 아저씨의 사진이 없어 기억에서 멀어지는 것이 아쉽다. 지금처럼 카메라가 흔하지 않던 시절이니 사진 찍을 기회가 많지 않은 탓이다. 많은 이웃과 순간을 사진으로 남길 수 있었다면, 좋으련만 점점 기억도 모습도 흐릿하다. 나의 상념을 깨우듯 까치가 다시 소란스럽다.

바닥에 떨어진 홍시로 도로는 온통 너저분하다. 부리로 쪼아 반은 제가 먹고 반은 땅으로 흘린 탓이다. 한 무리의 꼬마들이 까치의 행위는 관심 없고 눈사람을 만드느라 정신없다. 야트막한 둔덕에서는 눈썰매를 타는 녀석들이 소란스럽다. 그 옆에서 몇몇 부모는 카메라 셔터를 열심히 눌러 댄다. 지금의 저 모습이, 저 웃음소리가 먼 훗날 더없이 그리운 추억이 되지 않으랴. 눈밭에 뒹굴어도 까르르 웃는 아이들의 모습이 햇살보다 밝다. 아이들이 자라 어느덧 어른이 되고 때론 세상살이에 지칠 때 이 순간의 모습들이 그들을 다독이고 품어 주리라.

벽에 걸린 액자를 배경 삼아 사진을 찍는다. 아버지와 머문 열일곱 살 내가 그렇듯 다시 이 순간을 그리워할 순간이 있지 않으랴. 당신의 어린 딸로 언니 오빠의 어린 동생으로 사랑과 보호를 받던, 당연히 있었을 그 시간을 그리워하듯 말이다. 언니의 발 폭을 맞추고자 땀나도록 달리던 등굣길도 돌아보니 행복하고 즐거웠던 순간으로 기억되는 것을 그 시절 어찌 알았으랴. 당신의 모습이, 액자 속 사진이 더 빛바래기 전에 안쪽으로 조금 옮겨둔다.

# 산다는 것

때론 쉽지 않은 결정을 내려야 한다. 아니 매 순간 힘겨운 결정을 하며 살아왔는지도 모른다. 집단에서 도망치고 싶은 생각에 훌쩍 여행을 떠나기도 한다. 며칠 생각이란 것을 하지 말자며 24시간 죽은 듯 잠든 적도 있다. 하지만, 우리는 한없이 푹신한 침대 속에서도, '나는 지쳤어. 힘들어'라고 소리치고 몸부림치다가도, 어김없이 돌아와 삶을 이어간다. 이전보다 힘차게 속도를 내기도 하고 간혹 브레이크를 밟아 느리게 속도를 조절하기도 한다. 어느 삶의 방식이 옳고, 어느 삶의 방식은 틀렸다고 말할 수는 없다. 이 모든 것은 주어진 생을 사는 것처럼 살고 싶어 몸부림치는 행위이다.

삶의 몸부림은 더 나은 삶을 소망하는 것이리라. 학창 시절 밤을 새워 시험공부를 하던 시간도, 원하는 직장에 취업하고자 노력한 수많은 시간도, 소원하는 마음은 같다. 자신의 삶을 희생하면서 자식만큼은 잘 키우고자 하는 부모의 마음도 자식이 '사는 것처럼 살게'하고 싶은 소망이 아니랴. 익숙하여 굳이 생각하지도 눈길을 주지 않은 문구가 불쑥 다가와 노크한다.

코로나 2차 백신을 맞고 주말 내내 꼼짝없이 누워있다. 1차 접종 때와는 또 다른 반응에 외출하지 않고 칩거한다. 접종한 팔뚝 주변으로 붉게 번진 반점의 크기가 손바닥만 하다. 열은 높지 않지만, 통증이 사라지지 않는다. 병원에서는 얼음찜질하고 진통제를 먹으란다. 그의 지시를 따르고 버티는 중이다. 이 또한, 낯선 코로나 팬데믹에서 살아내고자 벌이는 생의 몸짓이다. 통증과 가려움을 잊고자 책을 펼치지만, 집중이 되지 않아 포기한다. 짜증에 무기력

까지 느껴지는 즈음 소식 없이 찾아온 두 녀석이 그래서 더욱 반갑다.

녀석들은 이 방 저 방 찌루를 쫓느라 부산스럽다. 친정 언니가 손주 녀석들과 함께 찾아온 것이다. 밥을 먹지 못한다는 말에 미역국도 한 냄비 끓여왔다. 녀석들은 작은할머니네 고양이 찌루가 보고 싶어 왔겠지만, 나는 언니보다 녀석들이 더 반가우니 마음의 내리흐름은 어쩔 수 없나 보다. 서로의 관심 대상이 다를지라도 녀석들도 나도 만족하니 그것으로 되지 않았으랴.

사는 것처럼 산다는 것은 서로가 관계를 이어가는 것이다. 매번 좋은 정만 쌓을 수 없겠지만, 미운 정도 정이 아니랴. 서로 미운 정 고운 정을 나누며 사는 것, 그것이 사는 것처럼 살아가는 삶이 아니고 무엇이랴. 상대가 누구냐는 중요하지 않다. 서로가 마음을 나눌 수 있는 사람이라면, 가족도 친구도, 배움을 함께하는 도반도 같으리라. 오고 가며 안부를 묻고 기억해 주는 이들이 우리의 삶을 외롭게 하지 않는 관계가 아니랴. 지금 그대의 머릿속에 스치는 누군가가 있다면, 그대는 충분히 이생을 사는 것처럼 살고 있는 것이다. 녀석들의 사랑스러운 모습에 두통도 어지럼증도 잊는다. 모든 것은 아니 미움과 아픔까지도 마음에 따라 그 증상은 곱이 되기도 하고 순간 잊히기도 한다. 오늘은 조그마한 녀석들이 내가 사는 것처럼 살고 있음을 일깨운다. 어느새 통증은 잊고 내 얼굴에 미소가 절로 흐른다.

「충청투데이」 2021년 9월

# 선산에서

보랏빛 제비꽃이 천지이다. 작아서 더 앙증맞은 꽃송이가 살아생전 어머니의 모습을 닮았다. 어머니가 머리에 흰 수건을 쓰고 집과 들을 바삐 오가던 모습을 보는 듯 산소 가득히 핀 제비꽃이 반갑다. 아버지가 어머니를 쉬게 할 요량으로 쓰는 당신만의 방법을 나는 안다. 장으로 도시로 심부름을 가장한 외출을 보내는 것이다. 무뚝뚝한 당신이 표현할 최고의 선택이 아니랴. 한복을 곱게 차려입고 대문을 나서던 어머니의 모습은 보라색 제비꽃처럼 고왔다.

산소 앞에 돗자리를 편다. 어머니가 좋아하던 카스텔라

와 아버지가 좋아하던 약주를 그리고 배추전, 명태전도 접시에 담는다. 생전에는 입에도 대지 않았던 약주를 어머니 전에도 올린다. 두 분이 이곳을 보금자리 삼은 지도 삼십 년이다. 제사를 지내지 않겠다는 큰오빠의 말에 서운함이 없었던 것은 아니다. 하지만, 그 덕분에 두 분을 더 자주 찾아오게 되니 이도 좋다.

산소 주변은 온통 초록빛이다. 붉은 흙이 살점처럼 들어나 보기 흉하던 곳도 잔디가 제법 자리를 잡고 있다. 터를 넓히던 찔레 덩굴도 사정없이 올라오던 잡초도 그만하다. 산소 주변의 평안한 풍경이 이제 두 분이 자식 걱정을 덜고 편안함에 들었단 뜻으로 애써 해석한다. 태풍처럼 휘몰아치던 자식들 가슴도 잠잠해지고 그러는 사이 언니 오빠는 물론, 막내까지도 생전 두 분의 나이를 훌쩍 넘었다. 한때는 무서리 맞은 초목처럼 시들던 자식들이 마음잡고 살아가고 있으니 진정 세월은 약인가 보다.

잔디 사이 숨은 잡초와 숨바꼭질을 한다. 제 터를 빼앗기지 않겠다는 일념이 대단하다. 잔디의 모습과 흡사한 잡초가 곳곳에 숨어있다. 얼마나 끈질긴지 그 뿌리도 쉬이 뽑히지 않는다. 잡초와 한동안 씨름하고 나니 몸이 천근처럼 무거워 잔디밭에 벌렁 눕는다. 준비한 음식을 고수레하고 허기진 배도 채운다. 문득 버릇없이 누워서 먹는다고 야단치는 당신의 목소리가 들리는 듯하다. 아니 오늘은 호되게 야단을 맞고 싶다. 어린 내게 '어른이 수저를 들기 전에는 밥을 먹어서는 안 되며 어른을 만나면 꼭 인사를 드려야 한다.'라고 하시던 목소리가 듣고 싶다. 아버지를 남들은 엄하고 무서운 분이라고 말하지만, 막내에게는 더없이 다정했다. 물론 놀아준다고 시작한 장난으로 종종 나를 울리기도 하던 오늘은 그런 아버지의 모습이 그립다. 지금 두 분은 예의 없이 벌렁 누워 먹는 막내를 혼을 내려 하실까, 오랜만에 만난 반가움에 웃고 계실까. 나 홀로 객쩍은 생각을 하며 하늘을 본다.

비가 내린다는 예보였지만, 다행히 하늘은 맑고 푸르다. 하얀 뭉개구름이 조금씩 서쪽으로 흘러가는 풍경도 평화롭다. 며칠 전 내린 비로 땅이 촉촉해 풀을 뽑기가 수월하다. 몸을 일으켜 뽑아놓은 잡초를 정리한다. 어미 따라 온 작은 딸이 제비꽃은 왜 뽑지 않느냐 한다. 그건 '할머니를 닮은 꽃이니 그냥 두자.'라는 어미의 말에 '꽃이든 사람이든 역시 이쁘고 봐야 해.'라고 너스레를 떠는 녀석 덕분에 한바탕 웃는다. 그래, 할머니를 닮은 제비꽃은 고우니 그냥 두고 보자. 주목 옆에 자리한 목단꽃은 잎만 무성하다. 꽃을 피우려면, 조금 기다려야 한다. 산골의 찬 기온 탓으로 개화 시기는 도시보다 늦다. 어쩌면 열흘 뒤 아버지 기일에는 꽃망울을 보여줄 수도 있으리라.

주변 논과 밭은 밭갈이를 마쳐 말끔하다. 머지않아 조용하던 산골도 부산스러우리라. 덕분에 두 분은 바삐 움직이는 사람들을 구경하느라 심심하지 않으리라. 제비꽃의 가녀린 꽃잎과 줄기가 잔바람에 흔들리는 모습이 당신들을 향한 그리움인 듯 나의 마음도 마구 흔든다. 어찌 그리들 일찍 가셨소.

「충청투데이」 2021년 4월

# 자리

밝은 불빛에 깊이 잠들지 못한다. 한참을 뒤척이다 잠자길 포기한다. 창밖 산책로에 가로등 불빛이 환하다. 낮의 모습과는 달리 가로등 아래 나무 의자가 어둠을 비켜서 있다. 나그네의 쉼터인 의자와 어두운 산책길을 밝히는 가로등, 특별한 것 없는 두 물상의 조화가 눈에 든다.

불빛 때문에 잠을 못 이룬다는 말은 핑계이다. 며칠간 신경 쓸 일이 많아 생각이 많아진 탓이다. 휴일에 집안일을 제쳐두고 깊은 잠에 빠진다. 주말 내 누운 자리에서 꼼짝하지 않았으니 밤이 온들 잠이 오겠는가. 바늘처럼 날카롭던 신경은 느슨해졌으나 몸 안의 스트레스가 한순간에 사라질 수 있던가. 하지만, 충분한 휴식으로 몸과 마음은 한결 가볍다. 어둠이 내려앉은 호젓한 산책로 풍경을 바라보니 빈 의자에 마음이 내려가 앉는다.

평소엔 눈에 들지 않던 의자이다. 이곳에 오래 머물러 살고 있지만, 산책로 의자에 관심을 주고 바라본 기억이 많지 않다. 벚나무와 단풍나무, 향나무가 무성하게 자라고 있는 산책로는 계절마다 풍경이 새롭다. 덕분에 멀리 가지 않아도 시시각각 변하는 풍경을 누리기에 더없이 좋은 장소이다. 문득 유년 시절 마당 위에 멍석을 깔고 누워 재잘거리던 모습이 떠오른다.

아버지는 더위를 피해 종종 마당에 멍석을 펼친다. 그런 날이면, 어머니가 찐 옥수수를 소쿠리 가득 내다 주신다. 저녁을 먹은 후이지만, 누구도 배불러서 못 먹겠다는 사람은 없다. 까만 하늘에는 바지랑대로 찌르면 금방이라도 와르르 쏟아질 듯 무수한 별들이 반짝인다. 우리는 옥수수를 먹으며 서로 별자리 맞추기에 목소리를 높이기도 한다. 별

자리 이름이 틀린대도 대수롭지 않은 그저 즐거운 시절이다. 우리는 그렇게 재잘거리다 멍석 위에서 잠이 들곤 했다.

멍석은 이제 그 흔적을 찾기 쉽지 않다. 멍석을 펼치던 자리에는 의자가 대신한다. 하지만, 왠지 의자가 펼쳐진 자리는 예의를 갖추어야 할 것 같다. 멍석 위처럼 편안히 앉을 자리는 아니리라. 아니 산책로의 갈색 나무 의자라면 멍석을 대신할 수 있으리라. 이미 산책로의 긴 의자는 우리들의 옛 자리 투박한 멍석의 역할을 하고 있지 않으랴. 주민들이 부담 없이 앉아 한가로이 시간을 보내거나 간혹 둘 서넛이 앉아 수다의 잔치를 펼치기도 한다. 멍석의 생김새는 아닐지라도 그 쓰임은 비슷하다. 물론, 모든 자리가 휴식의 뜻만 품고 있는 것은 아니다.

한 치 양보도 용서치 않는 매서운 자리도 있다. 우리네 삶, 생업의 자리는 소리 없는 경쟁 중이라 해도 무방하리라. 강하고 든든한 자리 누구에게도 흔들림 없는 자리를 얻고자 긴장을 멈출 수 없다. 물론 누구나 노력의 결과에

화합하면, 그 과정은 힘겹지 않으련만, 현실은 불필요한 경쟁과 피로감에 쓰러지는 이도 있다. 카피라이터 정철 작가는 자리에 대한 해석을 '앉기 위해서가 아니라 일어서기 위한 자리. 의자에 앉는 시간은 피로와 조급을 내려놓는 시간. 앉아야 선다.'고 적고 있다. '앉아야 선다.'는 문장을 반복해서 읽는다. 휴식의 자리이든 경쟁의 자리이든 삶의 순환을 거스르지 말아야 한다는 말이 아니랴.

나는 아직 생업의 자리를 벗어나지 못한다. 하지만, 꿈을 꾼다. 훗날 산골 흙 마당에 투박한 멍석을 깔고 누워 별 구경을 하고 싶다. 일상에서 받는 스트레스는 생업을 향한 발전이자 훗날의 꿈을 향한 자양분이 되리라. 다만, 자기 몸 상태를 바로 알고 챙겨야 한다. 멍석에 누워 평화로움을 즐기던 때를 잊지 말고 기억하자. 그것이 우리의 삶을 다독이리라. 산책로의 가로등 불빛을 산골의 별빛인 양 여기며 잠을 청한다.

「충청투데이」 2021년 3월

# 3부 — 밥이 보약이다

ᔕ

발에 맞지 않는 하이힐을 신고 녹초가 된다. 크기가 맞지 않는 화려하고 반짝이는 하이힐이 나에게 어울리지 않는다는 걸 알면서도 쉬이 벗어던지지 못한다. 조명을 받고 반짝이는 하이힐이 나를 노려본다. 나도 이번에는 맞짱을 떠 보자는 심사로 마주 노려본다.

ᔕ

# 기이한 세상

높은 빌딩에서 밀물이 밀려온다. 이내 파도가 벽에 부딪혀 하얀 거품을 물고 산산이 부서진다. 순간 나도 모르게 바닷물에 젖을까 몸을 움츠린다. 이내 그것이 착시현상이라는 걸 감지하고 가슴을 쓸어내리며 멋쩍게 웃는다. 코엑스 광장 '파도'라는 광고영상이다. 공공장소나 옥외 광고용으로 '제4의 스크린'이라 일컬어지는 사이니지이다. 영상이 실물과 너무도 흡사하여 착시현상인 줄 알면서도 파도가 쏟아지는 장면에서 매번 움찔거린다. 그 웅장함이 참으로 엄청나다. 그뿐이 아니다. 허공으로 차량이 질주하는가 하면, 호랑이가 포효하며 달려드는 듯한 착각에 오싹한 경험을 한 이가 나만은 아니리라.

누가 상상이나 했으랴. 동해의 출렁이는 푸른 바다가 아니, 백두산 호랑이가 도시의 빌딩 숲에 나타나 건물 벽을 타고 노니는 모습을 볼 줄이야. 파도 영상 '웨이브WAVE'는 독일 iF 디자인 어워드에서 최고상인 금상을 받은 작품이다. 기자는 현지에서 독창적인 영상미와 입체감, 창의성 등 모든 면에서 찬사를 받았다며 들뜬 분위기를 전한다. '웨이브WAVE'의 출렁이는 영상을 보노라니 떠오르는 장면이 있다.

덩치 큰 남자가 귀여운 손 하트를 보낸다. 목걸이가 조명을 받아 번쩍이고, 이마에는 스키용 고글을 걸쳤다. 방청석에 앉은 중년의 한 남자가 열광적인 무대를 바라보는 표정이 미묘하다. 그는 공연이 끝나고서야 무대를 향해 큰 손을 흔들며 눈가를 훔친다.

현대과학이 죽은 자를 무대로 소환한 것이다. 이마에 스키용 고글을 걸치고 웃고 있는 사람은 오래전 세상을 떠난

뮤지션이다. 사십 중반을 넘은 사람이라면, 그를 모르지 않으리라. '거북이'라는 혼성그룹의 리더로 활발히 활동하다 요절한 그를 많은 이들이 기억한다. 무대에 오른 동료도 그 광경을 지켜보는 사람도 반가움과 안타까움의 감정이 뒤섞여 미묘한 분위기에 주억거린다. 공연을 마치고 무대 조명이 꺼진다. 그를 그리워한 팬도 가족도 이제 그를 보낼 시간이 되었음을 알고 작별 인사를 한다. 그가 손 하트를 보내며 연기처럼 사라진다.

과학의 발전은 AI 인공지능 시대를 열었다. 가상의 세계에 미녀를 소환하고 딸을 잃고 낙심하던 엄마에게 딸의 모습을 만나게 한다. 부활이다. 우리의 눈과 귀를 과거와 미래로 순식간에 옮겨 놓는다. 과학은 그것에 머물지 않는다. 이제 출근하지 않고 영상으로 업무를 대신하는 재택근무도 낯설지 않다. 코로나19로 우리의 삶은 빠르게 메타버스에 올라탔는지도 모른다. 어쩌랴 우리는 이미 너나없이 메타버스의 삶이 아니면 살 수 없는 시대에 다다른 것이다.

세상은 늘 변화한다. 나이가 들었다고 외면할 수 없다. 세상이 변한다면, 나도 변해야 한다. 딸들과 대화에 뒤처지지 않으려면, 새로운 문물을 내 것인 양 소화해야만 한다. 가끔은 지청구를 듣더라도 딸에게 묻고 물으며 신문물을 익힌다. 나도 기이한 세상이 아닌 신식의 나라로 들고자 메타버스를 올라 힘차게 페달을 밟아야 하리라.

「충청투데이」 2022년 5월

# 매운맛

그녀의 통 큰 선물이 대문 앞에 도착했다. 문 앞에 놓인 것들을 바라보니 일손을 보태러 가자던 말이 떠올라 얼굴이 화끈하다. '새벽에 밭으로 출발하자'는 문자를 읽지 못하고 깊은 단잠에 빠진 것이다. 전화벨 소리에 깬 시간은 이미 그녀가 통통한 마늘을 대문 앞에 두고 돌아가던 참이다.

마늘에는 붉은 흙이 마르지 않고 촉촉한 채다. 그녀는 짬을 내어 농사지은 수확품을 보내며 아낌없는 정을 나눈다. 올해는 고맙고 미안한 마음에 대신 일손을 보태리라 마음을 먹었건만, 새벽잠이 산통을 깨고 만다. 잠 많은 나를 깨우지 않고 수확한 것을 두고 간 그녀는 나의 친구이자 올케이다.

그녀가 놓고 간 마늘을 정리한다. 마늘은 반으로 쪽을 내어 신문지를 깔아둔 바닥에 서로 붙지 않게 사이를 두고 널어둔다. 아파트에서는 마늘 보관하기가 쉽지 않다. 마늘을 까지 않고 통째로 두고 먹으려면, 썩지 않도록 잘 말려야 하는데 바람이 통하지 않아 문제이다. 밭에서 바로 온 터라 촉촉하여 쪼개는 작업은 수월하다. 바짝 마른 마늘과는 달리 껍질도 잘 벗겨지니 까는 재미도 있다. 베란다에 널어두고 필요할 적마다 하나씩 까서 먹곤 했는데 이번엔 반 정도는 껍질을 벗겨 냉장고에 보관한다. 선잠을 떨치고 마늘 까기에 몰입한다. 과한 것은 모자람만 못한다고 했던가.

날것이 화를 부른다. 아니 마늘의 생리를 미처 생각하지 못한 탓이다. 마늘의 매운 성분이 손톱 사이와 피부를 공격한다. 얼얼하다 못해 쓰라린 통증에 사지가 오그라드는 듯 고통스럽다. 흐르는 물에 씻어도 보고 얼음으로 찜질을 해도 잦아들 기미가 없다. 한참을 동동거리다 보니 손끝의 아릿함과 통증이 잦아든다. 음식에서 빼래야 뺄 수 없는 중요한 양념이지만, 이러한 앙칼진 모습이 있은 줄은 미처 알지 못해 혼이 난다. 우여곡절을 겪고 깐 뽀얀 마늘을 보니 그래도 그냥 지나칠 수 없다.

알이 작은 마늘은 장아찌를 담기로 한다. 작은 병을 준비하고 마늘을 먼저 넣고 간장과 물, 식초와 설탕을 팔팔 끓여 붓고 봉한다. 그것도 일이라고 기다렸다는 듯 허기가 찾아든다. 굵은 마늘 몇 알을 골라 얇게 저며 노릇하게 굽는다. 굴소스를 조금 넣고 살짝 불맛만 입힌다. 이렇게 볶은 마늘은 갓 지은 밥에 얹어 먹으면 참으로 꿀맛이다. 마늘의 매운맛은 사라지고 달큰하면서도 고소한 맛에 아이들도 먹을 수 있는 밥반찬이다.

우리 민족의 강인한 정신은 매운맛에서 나왔는지도 모른다. 우리나라 사람이라면, 마늘을 먹지 못하는 사람은 많지 않으리라. 아무리 맛있는 음식이라도 마늘을 넣지 않으면, 음식의 마무리를 못한 듯하다. 찌개에도 무침에도 구이에도 매콤한 마늘이 들어가야 제맛이다. 어쩌다 마늘이 떨어져 슈퍼를 다녀오기 귀찮아 대충 상에 올리면, 아이나 어른이나 귀신같이 알아낸다. 엄마 오늘 된장찌개가 좀 다른데. 우리 밥상에서 빠질 수 없는 감칠맛을 내는 것은 역시 톡 쏘는 마늘의 매운맛이 아니랴. 오늘 담은 장아찌는 한 달 정도면, 새콤달콤 식감 좋은 맛을 보여주리라. 그녀 덕분에 양념으로 쓸 마늘도 넉넉하다. 시장에 가면 언제든 살 수 있는 것이 마늘이겠지만, 그것들이 어찌 그녀가 보내준 것에 비교할 수 있으랴. 더불어 밥을 잘 챙겨먹으라는 그녀의 속 깊은 마음도 담겨있음을 나는 알고있다.

매운맛에 눈물을 찔끔거린 날이다. 생마늘의 매운맛을 제대로 맛본 날이다. 우리의 인생도 이처럼 곳곳에 예기치 못한 매운맛을 품고 있으리라. 살다가 예기치 않은 매운맛에 아릿한 통증을 느끼고 그 아픔에 뒹굴기도 한다. 하지만, 우리의 생도 그리 아픔을 겪고 슬픔에 나동그라지며 조금씩 단단해지고 면역성이 높아지는 것이 아니랴. 겁먹고 두려워할 일이 아니다. 누구에게나 삶은 이겨낼 수 있는 만큼의 고통만을 준다고 하지 않던가. 이겨내지 못할 아픔이 어디 있으랴. 마늘도, 인간의 삶도 매운맛이 없다면 진정한 삶이라 할 수 없으리라. 마늘의 매운맛을 바꿀 요리법은 알았으니 이제 인간의 매운맛을 바꾸는 지혜를 터득해야 하리라.

「충청투데이」 2021년 6월

# 밥이 보약이다

가을들녘 풍경이 유년 시절 보았던 풍경과는 사뭇 다르다. 볏단을 비닐에 돌돌 만 흰 뭉치가 논바닥 이곳저곳에 뒹군다. 멀리서 보니 마치 마시멜로를 흐트러뜨린 것만 같다. 볏단을 비닐에 말아 논바닥에 그대로 놓아둔 것이다. 비닐로 감싼 볏단은 겨우내 논에 두어도 썩지 않는 덕분에 굳이 창고에 보관하지 않고 축산 농가에서 필요한 만큼만 실어 간다.

유년 시절 들녘의 풍경은 지금과 다르다. 추수하는 날은 새벽부터 온 동네가 부산스럽다. 집집마다 품앗이로 추수를 돕고 도움을 받는다. 추수를 마친 논과 두렁에는 볏단이 즐비하다. 수확한 볏단을 가을볕에 바짝 말려야 오래 저장할 수 있어 밥맛도 좋아지니 추수 후 중요한 과정이다. 산촌에선 추수를 마쳐야 손에 돈을 쥘 수 있다. 곡식을 팔아야 식구들이 먹을 양식도 자식들의 밀린 육성회비도 해결되니 시월은 고단한 농부의 삶에도 한 줄기 환한 빛이 드는 계절이다.

도시의 아이들이 벼 이삭을 몰라 벌어진 웃지 못할 이야기가 생각난다. 도시에서 나고 자라 시골 풍경을 볼 기회가 없는 아이들에게 벼 이삭은 신기하지 않았으랴. 볍씨가 오종종히 달려 익어가는 모습이 마치 나무에 달린 열매와 똑 닮았으니 쌀 나무라 여긴 것도 무리가 아니다. 요즘 시골에서도 벼 수확하는 날 풍경은 그리 특별하지 않다. 온 마을 사람들이 모여 벼를 베는 일도, 가을볕에 벼를 말리고자 논두렁에 볏단을 가지런히 세워놓은 풍경도 사라진지 오래다. 물론, 방앗간에서 쌀을 찧어오는 일도 없다. 사람이 아닌 장비가 단숨에 추수를 마치니 사람의 일손이 그리 필요치 않다. 기계는 장정 열 명 이상의 몫을 순식간에 해낸다. 장비가 벼를 베어 기계를 통과시키면, 벼와 볏짚이 자동으로 분리되어 자루에 담기는 신기한 세상이다. 하지만, 세상이 빠르게 변해도 변하지 않는 것이 있다.

마음보다 먼저 몸이 기억한다. 다양한 음식 맛에 익숙한 현대인일지라도 하얀 쌀밥을 거부하지 못한다. 산골 간판도 없는 식당에는 도시 사람들이 할머니의 밥맛을 찾아 식당 문턱이 닳도록 모여든다. 서울의 화려함과는 어울리지 않을 밥집에도 젊은 직장인들이 줄을 선다. 시간이 돈이라는 현대인들이 별스럽지 않은 식당을 찾아 기다리는 불편함을 기꺼이 감수하는 진풍경이다. 바로 할머니와 어머니들이 해주는 밥맛을 찾는 몸짓이 아니랴. 그 예전 어머니들은 늦는 가족의 밥그릇을 따뜻한 이불속에 묻어둔다. 종일 힘들었을 가족에게 따뜻한 밥을 먹이고 싶은 어머니의 마음이다. 우리는 그렇게 아랫목에 묻은 따뜻한 밥 한 그릇의 그리움을 품고 사는 것이다. 몸이 기억하는 밥상은 어머니의 사랑이고 그리움이다. 여행길 해안가 식당에서 마주한 따뜻한 밥상이 생각난다.

식당에 앉아있으면, 파도 소리가 들린다. 여행길에 맛집을 찾아가는 일은 여행의 또 다른 즐거움이다. 간혹 유명한 맛집이 아닌 평범한 밥집을 찾는다. 오늘도 무엇을 먹을까 고민하다 허름하지만, 왠지 끌리는 작은 식당으로 향한다. 칠순은 넘은 듯 보이는 할머니가 주방에서 나오며 반겨준다. 식당 내부는 애써 장식한 무엇도 없다. 다만 벽에는 붓으로 적은 한시가 걸려있다. 할머니가 내어준 반찬에도 특별한 것은 없었으나 나의 입맛을 잡는다. 쌀밥 한 그릇을 뚝딱 비우고 한 공기를 더 시켜 마저 비운다. 밥을 다 먹을 즈음 할머니는 국그릇에 누룽지를 내온다. 엄마의 밥상을 받은 듯 소소하지만, 따뜻했던 바닷가 식당 할머니의 밥상으로 기분좋게 허기진 배를 채운다.

'밥이 보약이다.' 내가 자주 보내는 핸드폰 이모티콘이다. 예로부터 우리는 밥을 보약으로 여기지 않았으랴. 물론 그 시절 다양한 식문화를 누릴 형편이 못 되어 밥에 더 집착했을지도 모른다. 나는 아무리 비싼 요리를 먹을지라도 마지막에 밥을 먹지 않으면 서운하다. 하루에 한 끼는 밥과 국을 먹어야만 챙겨 먹었다는 기분이 든다. 뽀얀 쌀밥에 나물 반찬과 김치를 얹어서 먹으면 만족한다. 다이어트를 하는 젊은이들이나, 건강을 염려하는 사람은 '탄수화물 폭탄'이라며 기겁하리라.

유년 시절 어머니가 가마솥에 보리쌀을 붓고 흰쌀 한 줌을 올려 지어주시던 밥맛을 잊을 수 없다. 아버지와 오빠의 주발에는 쌀밥을 담고, 조금 남은 쌀과 보리를 섞어 딸들의 밥그릇에 담는다. 나도 하얀 쌀밥이 먹고 싶었지만, 보리쌀이 더 많이 섞인 밥맛도 어찌나 좋은지 금세 잊고 맛나게 먹곤 했다. 나는 종종 작은 무쇠솥에 밥을 짓는다. 밥도 밥이지만, 누룽지의 구수한 맛이 좋아 수고로움을 기꺼이 즐기는 편이다.

소박한 밥상이 그리운 것은 어머니의 손맛이 그리운 것이다. 식당 할머니가 차려주신 단순한 밥상에 보약을 먹은 듯 기운이 난다. 들녘 가득했던 노란 물결이 사라지고 곳간에 나락이 가득하던 고향 집 마루에서 먹던 어머니의 밥상을 받은 기분이다. 오늘 저녁은 오랜만에 돌솥밥을 지어야겠다. 새우젓에 어슷 썬 청양고추를 넣고 뜸 들이는 밥솥에 살짝 쪄내리라. 하얀 쌀밥에 짭짜름한 새우젓을 얹어 먹으면, 십 리를 달아난 입맛이 돌아돌아오리라. 메마른 입안에 군침이 돈다.

# 선입견

도통 이해되지 않는 장소이다. 유동 인구가 많은 도시 대로변에 있어야 할 시설이다. 최근 사람들은 고소한 빵과 쌉싸름한 커피를 즐기고자 자주 찻집을 찾는다. 식사하고 맥줏집으로 향하던 발길이 자연스럽게 찻집으로 향하곤 한다. 그런데 오늘 찾는 찻집은 그 위치가 예사롭지 않다. 더구나 지금은 어둠이 짙게 내려앉은 시각이다.

장소를 듣고는 뜨악했다. 함께 한 지인들 표정도 나와 다르지 않다. 하지만, 결국에는 그가 이끄는 곳으로 향한다. 작은 하루살이에도 기겁하는 동행자도, 평소 겁이 없는 나도 그곳을 지나는 불편함은 별반 다르지 않다. 가고자 하는 커피숍은 도시 외곽에 있다. 그것도 공원묘지를 지나야만 한다. 문득 봉선사의 두 스님이 떠오른다.

스님과 함께 자리를 편 곳은 이름도 모르는 사람의 산소였다. 자손의 손길이 잦은 듯 잔디는 말끔하게 정돈되어 있었다. 두 스님께서 소풍 가자며 손수 싸 온 도시락을 들고 나의 손을 이끌었다. 스님은 준비한 음식으로 고수레하고 어서 앉으란다. 참으로 황망하지만, 도리가 없었다. 스님은 영혼들도 심심하지 않고 잔디도 좋으니, 이보다 좋은 장소가 없지 않으냐 하신다. 스님과 함께여서일까 나도 곧 편안함이 느껴졌다. 스님의 법문을 듣던 그 날이 오래도록 기억에 남는다. 스님을 떠올리니 공원묘지를 지나는 마음이 한결 편안해졌다.

산 자와 죽은 자의 경계는 묘지가 아니리라. 산소의 주인도 한때는 나와 다를 바 없는 모습으로 이생을 살던 사람이지 않은가. 요즈음은 주변에서 종종 장지를 수목장으로 했다는 말을 듣는다. 나무에 수목장의 표식을 했다고 하나 일반인의 시선에는 쉬이 보이지 않는다. 표식이 없는 곳이 대부분이니 죽은 자와 산 자의 경계를 알 수 없다. 수목장을 지낸 나무 아래에서 소풍을 즐긴들 알 수 없는 노릇이다. 앎과 모름의 차이가 경계의 차이일까. 아니다. 그것은 인간의 마음에 자리한 선입견이다.

묘지는 곧 죽음의 표식으로 여긴다. 나의 마지막 휴식처일지도 모를 그곳을 인간은 불편하다고 멀리하고자 한다. 하지만, 그대도 나도 묘지와 연관 없이 살 자가 누가 있으랴. 효를 중요시하는 민족이기에 예부터 우리는 조상을 명당에 모시고자 했다. 작은 국토에 비해 아름다운 풍경을 대부분 산소가 차지하는 연유도 그것이 아니랴. 하니 선입견으로 경계를 만들 일이 아니다.

카페 주인은 경계를 무너트린 사람이다. 그가 바로 죽은 자와 산 자의 경계를 허문 사람이 아니랴. 공동묘지 주변이라는 위치로 땅은 도시에 비교해 싼값으로 구할 수 있었으리라. 그는 선입견을 허문 덕분에 그가 소망하던 수국공원을 더 넓고 풍성한 장소에 조성할 수 있었으리라. 수국을 보고자 찾아든 이들로 카페 파라솔에는 자리가 없을 정도로 사람들이 많다. 나와 동행자도 겨우 빈자리를 찾아 앉는다. 선입견 없이 이끈 지인 덕분에 우리는 달빛 아래에서 고고한 수국 향에 취해 일어설 줄 모르고 한동안 머물다 일어섰다.

「충청투데이」 2022년 10월

# 쉼

나는 잠을 좋아한다. 하루고 이틀이고 삼일이고, 죽은 듯 잠 속에 빠지곤 한다. 그리 잠을 자고 나면, 파김치처럼 늘어진 몸도 바늘처럼 날카로운 신경도 제자리를 찾는다. 하지만, 그토록 깊은 잠을 잔 기억이 가물가물하다. 깊은 잠이 고프다.

마치 마음에 허기가 든 것처럼 잠이 그립다. 쉼 없이 달려온 삶에 속도를 줄이라는 신호이리라. 그러나 쉽지 않다. 아이를 출산하고 작디작은 아기의 숨소리를 들으며 잠들던 기억처럼 고요한 쉼이 그립다. 모든 엄마는 그 달콤한 잠을 기억하리라. 문득 출산에 관한 세종대왕의 기록을 떠올린다.

세종대왕 하면 한글, 훈민정음을 먼저 생각하리라. 다른 문자보다 풍성한 뜻과 인간의 감성을 담은 문자가 한글이 아니랴. 우리나라를 문맹률이 가장 낮은 나라로 만든 최고의 공신이다. 하지만, 훈민정음을 이야기하고자 하는 것은 아니다. 조선왕조실록에 따르면, 세종대왕은 '아기를 낳은 산모에게는 백일, 그 배우자에게는 한 달이라는 출산휴가를 주었다.'라는 놀라운 기록이 있다. 미래에는 인구수가 국가의 미래를 가늠한다고 한다. 선인은 혜안으로 오백 년을 앞서 후인의 삶을 본 것일까. 또한, '그것을 악용하는 자가 많을 것.'이라며 반대하던 신하들을 '그래봐야 고작 한 달이다.'라고 한마디로 제압한다. 세종대왕은 진정으로 쉼의 필요성을 이해한 지도자가 아니랴.

다만, 보고 듣던 이야기와 조금 거리가 있다. 우리는 아이를 낳고도 쉬지 못하고 논과 밭으로 향했던 부모님 세대 이야기를 듣지 않았던가. 아니 어머니 세대까지 갈 필요가 무에 있으랴. 아이를 출산하고 누워있을 수가 없던 것은 우리 세대도 마찬가지이다. 젊은 시절 시작하는 일마다 번성할 때이다. 사무실에서 동분서주할 이들을 생각하니 누워 쉬는 것이 바늘방석이다. 고작 며칠을 쉬고 출근한다. 나뿐이 아니고 많이 이들이 그리하였으리라.

거울에 비친 나의 모습이 예전과 사뭇 다르다. 얼굴에 패인 깊은 주름이 자리를 잡은지도 오래이다. 세월이 준 덤이다. 생업을 쫓던 시기엔 관심 없던 모습이 불현듯 신경이 쓰이는 것은 그만큼 여유가 생겼다는 증표일까. 하지만, 그것을 생각하지 못할 정도로 고달픈 때와 못지않게 심신이 지쳐있음을 느낀다. 그때도 지금도 온전한 휴식을 누리기는 쉽지 않다.

삶에 온전한 쉼이란 없을지도 모른다. 도시의 소음이 신경을 자극한다. 작은 아기를 품에 안고 잠들던 그 평온함은 가당치 않다. 아니 그것은 살만해져서 찾아든 욕심의 산물이 아닐까. 번뜩 정신을 차린다. 몸이 늙는다는 것은 자연스러운 일이며 얼굴에 골 주름이 진들 무엇이 대수이랴. 곁눈질할 시간 없이 살아내던 시간에 비하면 얼마나 여유로워진 일상이랴. 사람을 망각의 동물이라 한 것이 이를 두고 한 말이 아니랴. 어제의 간절함을 잊고 오늘의 부족함을 투정하는 모습에 얼굴이 붉어진다. 어제보다 오늘이 오늘보다 내일이 나아지려면, 타인이 아닌 자신을 바로 볼 줄 아는 혜안이 필요하리라. 가장 어리석은 자는 어제의 간절함을 망각하는 자가 아니랴.

조용히 마음을 다스리고자 눈을 감는다. 가무내 산골, 나무 마루에 대자로 누워있는 상상을 한다. 담장 너머로 보이는 앞산에 아버지가 나뭇짐을 출렁이며 내려오는 모습이 어른거린다. 상상만으로도 행복하다. 오늘 밤은 꿈속이라도 좋으니 당신의 품속에서 아기처럼 깊이 잠에 들고 싶다. 당신의 품 안에서 평안을 누리고 다시 세상에 소음을 이겨내리라. 또한, 그것을 이용하는 사람이 아닌 고작 한 달이라고 말하는 선인의 마음을 기억하리라. 쉼은 아무 일도 하지 않는 것이 아닌 일상을 살아가는 마음의 휴식, 생각을 정돈하는 것이리라.

「충청투데이」 2022년 10월

# 시월

나무우듬지에 붉은 노을이 내려앉는다. 저물던 태양 빛도 무심한 듯 제빛 한 줌을 보태고 독야청청하던 청솔 나무도 시월의 회색빛 방울 견장을 준비한다. 도시는 아직 여름날의 열기가 남았으나 산천은 가을을 준비하는 몸짓들로 부산스럽다.

시월은 넉넉함과 비움이 공존하는 시간이다. 수확에 바쁜 들은 사뭇 부산스럽지만, 볏짚 둥치가 뒹구는 모습은 들이 비움으로 다가온다. 갈바람에 흔들리는 억새를 보며 흔들리지 않는 마음결이 어디 있으랴. 계절을 분간 못 한 민들레가 바지런한 할머니 손에 뽑혀 빨간 바구니에 소복이 담긴 모습도 시월의 한 풍경이 된다. 도시에서 조금 벗어난 풍경은 이렇듯 다양한데 산사에 찾아든 시월의 풍경은 어떠할지 호기심이 일어 궁둥이를 들썩인다.

오랜만에 만난 그녀와 동행한다. 지난해 산사에서 줍던 꽁지 하얀 알밤을 떠올린다. 산사의 해우소는 나무의 결과 모양이 그대로이다. 오래된 밤나무 옆에 자리하여 둘은 마치 도반처럼 어우러져 있다. 밤나무를 베어내지 않으려고 조금 비켜서 지은 해우소의 모습은 더불어 살아가고자 하는 산 사람의 여유로움이 아닐까 싶다. 어찌 보면 시월의 마음이 그와 같지 않으랴. 이른 감은 있지만, 햇밤을 볼 수 있을까 하는 기대감에 출발한다.

산사의 풍경은 뒷전이다. 알밤을 주워 담은 양 호주머니가 더는 넣을 수 없을 정도로 불룩하다. 해우소 옆 밤나무는 아직 밤이 덜 여물었지만, 찻방 뒤편에는 알밤이 지천이다. 풋밤의 속껍질을 손톱으로 살살 밀어내 까먹다가 이내 호주머니에 주워 담는다. 산 밤의 고소한 맛의 유혹을 어찌 뿌리치랴. 아니 호주머니가 볼록하게 주워 담은 것은 알밤이 아닌 내 욕심일지도 모른다. 부끄러운 마음에 한주먹을 꺼내 슬그머니 풀숲에 던진다. 한주먹 덜어내도 아쉬울 것 없는 풍요로운 시월이다.

밤나무 옆 솔가지 끝이 심하게 흔들린다. 바람결에 흔들리는 모양은 아니나 보이는 것이 없다. 잠시 조용한가 싶더니 이번엔 옆 가지가 출렁거린다. 자세히 보니 몸집 작은 새 한 마리이다. 시월엔 들에도 산에도 먹을 것이 지천이건만, 솔가지에 찾아든 것은 풍족한 먹이에 여유로워진 몸짓인가. 새에게도 시월은 천국의 시간인가 보다.

매일을 생업에 목숨 걸듯 살아가는 이에게 '한유'란 낯선 단어이다. 하지만, 오늘 같은 날은 한유란 단어를 마음껏 부리고 싶다. 이런 날이 있어 많은 날을 위로받지 않으랴. 시월은 짐승도 사람도 생업에 바쁜 그대도 조금은 한가로이 노닐어도 좋으리라. 이가지 저가지 옮겨 다니던 새가

'호로록' 하늘로 날아오른다. 우리도 해가 지기 전 산사를 내려온다.

정녕 시월은 풍요롭다. 저녁도 진수성찬이다. 친정 오빠가 가을 산에 올라 채취한 산 버섯을 푸짐히 놓고 갔다. 올케가 휴일마다 짬을 내어 농사지은 붉은 고구마도 상자째 놓여 있다. 냄비에서는 버섯찌개가 보글보글 끓고 그릴에서 구워진 고구마는 코끝을 자극한다. 시월은 들판도 사람도 넉넉한 마음으로 비워야 풍요로워지는 계절이다.

「충청투데이」 2021년 10월

# 오해와 이해

마음을 홀린 냉이가 원인이다. 당간 지주로 향하는 밭둑에는 냉이가 지천이다. 문화 유적지 발굴 지역이라 마을은 이주시키고 농사를 지은 흔적이 없다. 방치된 묵정밭에 냉이가 홀로 영역을 확장 중이다. 잠시 후의 일은 예상하지 못하고 모두가 절터에 쪼그리고 앉아 냉이 캐기 삼매경이다.

동행자의 말을 듣고 난 후에야 우리의 행적을 뒤돌아본다. 폐사지와 멀찍이 떨어진 마을 입구였다고 변명을 찾는다. 묵정밭에 지천인 냉이만 캔 것이지 다른 무엇도 취한 것이 없다. 묵정밭에 지천인 냉이 캐는 것이 오해를 부르리라곤 생각지 못 한 일이다. 그럼에도 불구하고 봄나물의 유혹을 내치지 못한 우리의 행동은 변명의 여지가 없다. 오해의 시작은 문화재 보호지역인 것을 간과한 탓이다.

그의 오해가 가당치 않다며 허탈하게 웃는다. 아니, 그의 입장이라면, 우리의 행동은 오해의 소지가 컸으리라. 조금 전 해설사와 동행했던 남자가 떠오른다. 그는 잠시 머물다 내려간 터라 폐사지를 찾은 방문객쯤으로 여겼다. 하지만, 남자가 해설사와 비슷한 정복 차림이었던 것이 이제야 생각난다. 더구나 그 둘은 황급히 달려오지 않았던가. 폐사지를 방문한 우리에게 문화재를 설명하고자 바삐 달려온 것이 아니다. 그들은 우리를 문화재 도굴꾼쯤으로 생각하고 달려온 것이다. 모두가 냉이로 부산하던 마음은 잊은 채 웅장한 탑비의 자태에 빠져있던 참이다.

천년의 세월이 흐른 탑비라고는 생각하지 못할 풍채이다. 두 마리 용이 탑비를 따라 금방이라도 하늘로 승천할 것만 같은 모습이다. 조금이라도 가까이서 보고자 허리를 굽히고 머리를 조아린다. 순간 요란한 경보음이 조용한 폐사지를 깨운다. 뜻하지 않은 사이렌 소리에 몹시 놀랐지만, 귀한 유물이니 가까이 가지 말라는 경고음이라 여겼다. 모두가 조금 떨어져 탑비에 집중하던 참에 그들이 황급히 달려온 것이다. 그들의 의중은 눈치를 채지 못하고 문화해설사의 명찰만 보고 해설을 청한다.

그의 능수능란한 해설에 일행은 모두 집중한다. 천년의 세월을 지켜온 것은 탑비만이 아니라며 그가 가리키는 곳을 보니 탑비와는 어울리지 않을 낙서가 가득하다. 현세에 이름을 남기지 못한 누군가는 이 상서로운 유물에 자신의 흔적을 남기고 싶었던 모양이다. 하지만, 낙서가 한자가 아닌 한글인 것을 보면, 후인의 장난인지도 모를 일이다. 그는 해설 중에 농담인 듯 진담인 듯 문화재를 지키는 자신의 고충을 털어놓는다. 관람객과 소통하고자 하는 여유에서 나오는 우스갯소리 정도로 여겼다. 하지만, 그것은 우리에게 던진 따끔한 질책이었음을 이제야 깨닫는다. 문화재를 훼손할 요주의 인물이라 여겨 일침을 가하고 있다는 걸 몰랐으니, 나는 참으로 눈치도 코치도 없는 사람이다.

폐사지 곳곳을 톺아보는 우리에게 의심의 눈초리를 거두지 않았단다. 우리의 작은 움직임에도 과잉 반응을 보인 탓도 같은 이유였으리라. 주변 할머니들이 보호구역 안까지 들어와 냉이며 나물을 채취해 골치가 아프다는 푸념도 우리를 두고 하는 소리였다. 조금 전 냉이를 캐고자 부산을 떨던 일이 생각나 부끄러운 마음이 들었지만, 그녀가 참 예민하다고만 여겼으니 나는 얼마나 아둔한 인물인가. 폐사지와 멀찍이 떨어진 마을의 묵정밭일지라도 문화재 보호구역인 것을 염두에 두었어야 했다.

일상에서 오해로 빚어진 일이 어디 그뿐이랴. 다른 성향의 사람들이 만나 조화로운 화음을 내기란 결코 쉬운 일이 아니다. 옆의 동반자도 직장의 동료와 친구도 처음부터 순편한 관계는 아니었으리라. 이제는 표정만 봐도 마음을 가늠하는 사이일지라도 처음부터 그런 경우는 드문 일이다. 간혹 상대를 배려한 행동이 오히려 큰 오해를 불러올 때도 있지 않던가. 문득 며칠 전 있었던 일이 생각난다.

그의 표정에 고추바람이 분다. 하지만, 바삐 처리할 일 탓에 지나친다. 오후가 되어서야 연유를 전해 듣고는 심히 당황스럽다. 그의 심기가 불편한 것이 시설팀 회의에 참석하지 않은 나로 인한 것이란다. 그동안 회계 담당자는 시설팀 회의에 참석하지 않았던 참이다. 하지만, 새로 부임한 그의 생각은 달랐던 모양이다. 회의 참석은 당연한 것 아니냐며 불편한 기색이 역력하다.

세상을 살아가며 어찌 오해 없는 일상만 있으랴. 아니 오해를 받았다 하여 불행이라 치부할 일만은 아니다. 종종 불편한 관계였던 이들이 술잔을 기울이거나 대화를 하는 중 언제 그랬냐는 듯 친해지지 않던가. 다만, '오얏나무 아래에선 갓끈을 고쳐 매지 말고 오이 밭에 가선 신발 끈을 고쳐 매지 말라.'는 선인의 조언을 마음 깊이 새길 일이다.

인기척이 느껴져 돌아보니 그가 서 있다. 회계 처리가 개운치 않은 것을 물어보니 바로 판결문을 찾아 보여준다. 그와 침묵이 아닌 소통으로 오해를 풀고자 노력한다. 돌아보니 회의에 참석하지 않은 나의 행동도 문제이다. 그의 의견을 묻고 행동했다면, 애초에 오해는 생겨나지 않았을 일이다. 상대에게 오해의 소지를 남기고 왜 오해를 하느냐고 따진다면, 그야말로 적반하장이 아닐까. 서로가 소통하지 않는다면, 이해의 폭 또한 좁혀질 수 없으리라.

오해와 이해 사이엔 마음의 결이 존재한다. 두 감정은 모두 마음에서 파생된 것이 아니랴. 옛말에 '침묵은 금이다.'라는 말이 있다. 말보다 침묵에 더 깊은 뜻을 품고 있다는 의미이리라. 하지만, 침묵이 모든 상황을 해결해주진 않는다. 소통해야 할 경우까지도 침묵한다면, 오해는 영영 풀 수 없는 숙제로 남지 않겠는가. 요즈음은 바로 옆집과도 소통 없이 지내는 경우가 많다. 뉴스에서는 단순한 층간소음이 엄청난 불상사로 이어졌다는 사건을 전한다. 불신과 오해가 빚어낸 참극이다. 열 길 물속은 알아도 한 길 사람 속은 모른다고 하지 않던가. 내가 아닌 상대의 마음결을 살피는 세심함이 필요하다.

『에세이포레』 2022년 여름호 통권 102호

# 하이힐 신은 코끼리

여느 등산로 풍경과 다르다. 입구에 온갖 신발이 가지런히 줄 맞추어 있다. 숲속 나무 틈새와 경계석 사이에 숨바꼭질하듯 신발이 숨어 있다. 맨발로 산을 오른 산객들이 벗어놓고 간 것이리라. 나도 그들처럼 양말을 벗고 맨발로 서 있다. 발은 지금 아무것도 걸치지 않은 날 것 그대로, 참으로 생소하다.

발가락 사이로 진흙이 밀가루 반죽인 양 감겨든다. 관리자들이 주말을 맞아 등산로에 많은 물과 황토를 부려 놓아 부드럽고 차가운 진흙 느낌을 맘껏 즐긴다. 도시에서는 무더위로 숨쉬기조차 힘들어 종일 냉방기를 찾아들지만, 산 속 풍경은 된더위로 들끓는 도시와는 사뭇 다른 세상이다. 초록 나무들을 스쳐 온 살가운 바람 덕분에 무더위도 금세 잊는다. 지난번 찾았던 때보다 황톳길이 여러 방향의 오솔길로 이어져 있다. 아이들을 데리고 온 가족들도 보이고 쉼터에서는 도시락을 먹으며 사람들이 쉬어간다.

'어머 저 코끼리 좀 봐'라는 소리에 돌아본다. 쉼터에서 잠시 쉬었다가 다시 황톳길로 들어서던 길이다. 소리가 나는 쪽을 바라보니 너럭바위 위 코끼리 가족 형상이 보인다. 그런데 코끼리 발에 특별한 것이 신겨있다. 몸짓 큰 코끼리가 화려한 하이힐을 신고 새끼코끼리와 함께 걷는다. 재미있는 모습에 들고 있던 핸드폰 카메라로 그 모습을 담아본다.

야생 코끼리가 빨간색 하이힐을 신고 있다. 동물학교 입학식, 아니면 코끼리 집안 행사에라도 가는 길일까. 빨간색 하이힐을 신은 어미 코끼리의 엉덩이가 실룩이는 듯한 착각이 일어 두 눈을 비빈다. 황톳길을 조성하게 된 창립

자의 마음을 표현한 조형물이다. 대기업 회장인 그는 산을 오르던 중에 하이힐을 신고 온 여성을 만난다. 불편해 보이는 여성에게 자신의 운동화를 벗어주고 자신은 맨발로 돌길을 걷는다. 집으로 돌아온 그는 여느 때와 달리 꿀잠을 잔다. 아마도 황톳길을 걸은 덕분인 것 같다. 이 길을 만든 분은 맨발의 첫 느낌을 잊지 못하여 황톳길을 조성하고 그 즐거움을 사람들과 나누고 싶었다고 한다.

발은 종일 신발이란 족쇄를 찬다. 발로 뛰는 영업사원도 사무실에서 근무하는 이도 맨발로 근무할 수는 없다. 더구나 종일 하이힐을 신어야만 하는 여성의 고통은 경험하지 않은 이들은 상상도 할 수 없으리라. 하이힐 속 발은 온몸의 체중을 감당한다. 그런 탓에 여성들은 발가락과 발목의 변형과 통증도 겪는다. 코끼리가 하이힐을 신고 있는 조형물은 그 모든 이야기를 담고 있는 듯 위태롭다. 하이힐은 여성들의 전유물이자 커리어우먼의 상징이기도 하다. 성공을 향한 멋진 차림에 하이힐은 마지막의 화룡점정이 아니런가.

정장에 운동화는 왠지 낯설다. 광고뿐 아니라 성공한 여성을 표현하는 차림은 언제나 한결같다. 정장 차림에 하이힐을 신고 꼿꼿한 걸음걸이로 걷는 여성을 능력 있는 모습으로 표현한다. 외향을 중시하는 이 시대의 굴곡진 시선이 아니랴. 지금은 많이 변화했지만, 아직도 출근 시 편안한 옷차림과 신발을 허락하지 않는 곳이 있다. 최소한의 예의를 지키는 차림새는 필요하지만, 이제 사회도 능력과 상관없는 규제에 너그러워질 때이다.

나도 하이힐을 즐겨 신었던 시절이 있다. 작은 키에 무엇을 입어도 옷맵시가 나지 않아 조금이라도 키가 커 보이는 하이힐을 포기하지 못했다. 발이 아픈 것쯤이야 무에 대수이랴. 그리 강짜를 부리고 살아온 세월이 사십여 년이다. 하지만, 이제 하이힐을 신기가 겁이 난다. 특별한 자리에 갈 때 어렵게 용기를 내 한두 번 신는다. 발바닥은 물론이고 발목에 무릎까지 비명을 질러대니 맵시를 생각할 여유가 없다. 하이힐을 신은 코끼리가 산속에만 있으랴.

하이힐을 신은 코끼리가 도시에 나타난다. 그들은 자신

만의 초원을 찾고자 도시 정글을 활보한다. 정상을 향해 타박타박 오르는 코끼리가 있는가 하면, 성급히 달리다 넘어지고 깨어져 피도 흘린다. 가끔은 자신의 몸집은 보지 못한 채 반짝이는 하이힐에 현혹되어 휘청이는 모습도 만난다. 발이 부르트고 피나는 통증쯤은 의례인 듯 기꺼워하기까지 한다. 아니 안타까운 그 모습의 코끼리는 바로 나의 모습이기도 하다. 발에 맞지 않는 하이힐을 신고 뒤뚱거리며 돌길을 걷는 위태로운 코끼리의 형상이 눈앞에 있는 듯 움찔한다.

발에 맞지 않는 하이힐을 신고 녹초가 된다. 크기가 맞지 않는 화려하고 반짝이는 하이힐이 나에게 어울리지 않는다는 걸 알면서도 쉬이 벗어던지지 못한다. 조명을 받고 반짝이는 하이힐이 나를 노려본다. 하지만, 나도 이번에는 맞짱을 떠 보자는 심사로 마주 노려본다. 작은 키를 어찌 하이힐 하나로 감출 수 있으랴. 송충이는 솔잎을 먹어야 하고 시골쥐는 도시에서 살 수 없다. 산촌 사람이 바다의 비릿함을 거부하듯 바다 사람은 사방이 막힌 산촌에서는 하루를 견디지 못하리라. 하이힐은 더없이 황홀한 유혹이다. 하지만, 코끼리가 하이힐을 신고 어찌 한 걸음인들 편하게 걸을 수 있으랴. 코끼리의 발에는 아무것도 치장하지 않은 맨발이 최고의 신발이다. 우리의 생도 각자의 발에 꼭 맞는 신발을 찾는 것이 중요하지 않으랴. 나의 발에 꼭 맞는 신발을 신고 다소 불편한 길일지라도 뚜벅뚜벅 걸어가는 용기가 필요하다.

진흙투성이 발을 씻고 운동화를 신는다. 맨발로 걸은 덕분에 혈이 자극받아선지 기분이 좋다. 황토의 차갑고 상쾌하게 감겨들던 첫 느낌도 생생하다. 눈을 감으니 저 멀리 코끼리 가족이 하이힐을 벗고 초원을 유유자적 노니는 모습이 눈앞에 어른거린다.

『에세이포레』 2023년 겨울호 통권 107호

# 4부 — 터

∽

생수병은 고치에서 벗어나 찬란히 비상할 날을 고대하며 숨을 고른다. 아니 물속에서 숨을 참아내며 자신이 머문 흔적조차 남지 않고 소멸하기를 꿈꾸는 중이다. 인간이 자연과 외면한 채로 살아갈 수 없듯이 플라스틱은 인간과 떨어져서는 그 존재 의미가 초라하다. 작가는 그 존재의 미약함이 안타까워 플라스틱의 우화를 기획하였던 것이리라.

∽

# 우화羽化를 꿈꾸다

생수병이 플라스틱 고치에 친친 감겨 매달려 있다. 금천동 골목길에 들어서니 옛집을 그대로 활용한 문화공간 정스다방이 보인다. 청주지역 작가들에게 전시의 공간을 제공하고자 시작했다는 주인장의 마음이 고스란히 묻어나는 공간이다. 방과 거실을 이어 다락방에 전시된 작품들은 흔히 볼 수 있는 플라스틱병이다. 미술작품 소재로 플라스틱병을 선택한 연유가 무엇일까. 호기심을 안고 그림 앞으로 나아간다.

고치를 탈피하고 날아오른 나비는 우화를 꿈꾼다. 그림

속 생수병도 환경파괴라는 오명을 벗고 비상할 날을 꿈꾸는 것일까. 아이러니하다. 물은 인간의 생명과 가장 가까운 물질이다. 인간의 몸에 수분은 필수이니 생수는 생명수가 아니랴. 순간 무언가에 머리를 세게 맞은 느낌이다. 그러한 생명수가 불순물의 대명사인 플라스틱 용기에 담겨 있던 것이 아닌가. 생명의 근원인 물과 오염 물질이 한 몸을 이루고 있던 것이다. 플라스틱 고치 그림 앞에 한동안 머문다. 플라스틱을 주제로 한 한희준 화가의 작품이다. 작가의 사유를 통한 창작물은 전혀 새로운 의미를 담는다. 작가의 특별한 세계로 들어가 본다.

그림이라고 하기엔 다소 낯설고 생소하다. 그의 그림에는 유화의 흔적도 보이지만, 물감이 아닌 것들을 재료로 사용한 작품이 많다. 명주실에 물감을 묻혀 사용한 것이 그중 하나이다. 어떤 작품은 물감의 흔적이 전혀 느껴지지 않는 작품도 있다. 전시장 안쪽에 걸린 작품도 특별하다. 바닷물에 몸을 담근 생명체의 가쁜 숨결이 느껴진다. 분명 정지된 그림인데 동적인 느낌을 주는 그림이다. 동행한 벗도 호기심 가득한 눈빛이다. 작가만의 특별한 사유를 담느라 고심한 흔적이 여러곳에서 느껴진다. 문득 그림을 그린 그가 궁금하다. 나의 호기심이 그의 발길을 이끌었던가.

작가와 마주할 기회를 얻는다. 그는 기꺼이 전시장 안내와 더불어 작품에 담고자 한 이야기를 들려준다. 작품에 플라스틱의 탄생과 역할 그리고 소멸까지도 담고 싶었단다. 생명체의 숨결이 전해오는 듯 호기심을 자극했던 작품은 플라스틱의 분해를 표현한 것이다. 플라스틱이 인간의 삶을 해친다는 오명을 벗고 인간의 삶에 함께할 소중한 존재로 재탄생되기를 고대하였다고나 할까. 그의 작품 속에서 플라스틱은 다양한 모습으로 진화 중이다.

생수병은 고치에서 벗어나 찬란히 비상할 날을 고대하며 숨을 고른다. 아니 물속에서 숨을 참아내며 자신이 머문 흔적조차 남지 않고 소멸하기를 꿈꾸는 중이다. 인간이 자연과 외면한 채로 살아갈 수 없듯이 플라스틱은 인간과 떨어져서는 그 존재 의미가 초라하다. 작가는 그 존재의 미약함이 안타까워 플라스틱의 우화를 기획하였던 것이리라.

작가의 상상력은 무한하다. 작품의 소재가 되고 영감을 주는 대상은 무수히 많다. 그의 작품에서 플라스틱은 인간의 삶과 닿아있다. 그는 작품에 내가 아닌 우리, 혼자가 아닌 함께 사는 의미를 담고자 한다. 작품 속 생수병의 낯선 모습들에서 문득 나의 모습을 본다.

글을 쓰는 작가로서 나의 의식은 어디에 머물러 있을까. 한 사람의 독자일지라도 공감하기를 고대하는 마음으로 시작한 작업이다. 아직 그 바람의 시작은 초라하기만 하다. 글에 나만의 사유, 철학이 녹아들지 못한 탓이리라. 플라스틱 고치에 친친 감긴 생수병이 우화를 꿈꾸듯 나의 글 또한, 문자란 고치를 탈피하고 수필다운 수필로 거듭 우화하기를 꿈꾼다.

* 우화羽化: 번데기가 날개 있는 성충이 됨

「충청투데이」 2022년 1월

# 호

소나무 그림 앞으로 하나둘 모여든다. 소나무 둥치가 크니 음영을 넣은 그림이 어찌 보면, 하나가 둘로 보이기도 한다. 추사 김정희 선생이 그린 소나무이다. 김정희 선생이 제주에서 귀양살이 중 제자에게 그려준 그림이다.

추사 김정희 선생의 발자취를 돌아본다. 고택은 복원되며 대부분은 현대의 재료와 사물이 더해진다. 표식은 분명하지 않을지라도 고택 어딘가는 선생의 손 아래, 발끝이 머물던 자리가 아니런가. 선생이 청나라 연경에서 씨앗을 구해 심었다는 백송도 신비롭다. 하얀 둥치는 마치 흰색을 붓으로 칠 한 듯 보인다. 호기심과 의구심에 손으로 만져 보니 소나무 둥치 본연의 색이 맞다. 처음 접하는 특별한 모습이다. 이어진 추사 선생의 연보와 행적을 듣다 문득 뉴스에서 들은 짤막한 기사를 떠 올린다.

추사는 김정희 선생의 '호'가 아니라는 것이다. 우리는 이름보다 더 친숙히 김정희 선생의 호 '추사'를 기억한다. 또한, 한학이나 글씨를 배우는 이들은 추사체를 읽고 따라 써보기를 수없이 반복했으리라. 그런데 '추사'는 김정희의 호가 아니라니 이게 무슨 소리인가 싶다. 사회자의 입 모양에 시선을 고정한다. 지금껏 선생을 연구하는 학자들까지도 주저 없이 선생을 추사라 칭했으며 누구도 반박이나 의심할 어떠한 자료도 없다.

추사는 '자'(성인이 되었을 때 어른이 지어준 이름)라고 한다. 방송에서 새롭게 발견한 자료는 1809년 중국에 갔을 당시로 보이는 글씨이다. 이국의 사람들이 마주 앉아 서로를 소개하던 내용이다. 선생은 스스로 이름은 정희요, 호는 보담재이며 자는 추사라고 답한다. 우리가 지금껏 배워 온

내용이 잘못되었다는 자료이다. 아니 자료의 부족으로 바로 알지 못한 것이니 틀린 것은 아니나 바로 잡고 보존해야 할 자료가 아니랴. 물론, 추사가 '호'이건 '자'이건 선생의 필적과 행적이 바뀌는 것은 아니다. 다만, 우리 선조들은 '호'란 서로가 허물없이 부르는 별칭으로, '자'는 성인이 된 후 어른이 지어주신 이름이다. 이름과 함께 호칭으로 사용된 '자'와 '호'는 그 쓰임과 뜻이 다르다. 지금의 후인들도 호를 사용하는 이들이 적지 않다.

이름 앞에 '이선'이라는 호를 붙여 사인한다. 친구 남편이 신춘문예 당선 선물로 지어 선물한 나의 '호'이다. 이선怡腺이라는 호칭도, 기쁨이 가득하여 새암이 넘친다는 뜻도 마음에 꼭 든다. 하지만, '내가 호를 써도 될까. 너무 건방진 것은 아닐까.'라는 생각에 쉬이 쓰지 못하고 주저한다. 때론 사용했다가 때론 슬쩍 생략하니 이것이 변덕이 아니고 무엇이랴. '호'에 대한 이해 부족이 나은 주저함이다. 호는 소중하고 가까운 사람에게 마음을 담아 지어줄 수 있고 부담 없이 편하게 부르는 호칭이라 하지 않으랴.

추사 선생이 오백 개가 넘는 호를 사용했다는 기록을 확인하고서야 비로소 마음이 편안해진다. 가까운 이를 애정하여 지어주고 부르는 호칭이라니 얼마나 좋으랴. 다시 이름 앞에 슬그머니 호 '이선'을 넣는다.

보이는 것에 흔들리지 말고 숨은 뜻을 헤아리라는 글방 선생님 말씀과 다르지 않다. 타인에게 불리는 호칭이 중요한 것은 아니다. 호든 이름이든 지어준 이의 담긴 마음이 중요한 것이 아니랴. 세상에 태어난 것을 기꺼이 여겨 부모가 붙여준 '이름'도 지인이 마음을 담아 지어준 '호'도 성인이 되었음을 축하해 어른이 선물해 주신 '자'도 우리의 존재를 귀히 여긴 마음의 표식이다. 호칭이 사람의 마음보다 앞설 수는 없다.

김정희 선생의 고조부인 김흥경의 묘소로 향한다. 선생이 직접 심었다는 백송을 보러 가는 길이다. 문인들은 찻길을 걸어야 하는 탓에 갓길로 비켜 한 줄로 이어간다. 문학의 길을 함께 걷는 도반들에게 '이선'은 어찌 기억될까. 이선을 부르면 짧게나마 미소 지을 수 있는 적어도 그쯤의 사람은 되어야 하리라. 이름 앞에 붙이는 호, 가볍게 부르라 한다. 하지만, 그 안에 담긴 의미는 결코 가볍지 않은 무게로 나의 걸음을 자금자금 따른다.

# 말言

자기랑 놀아 달란다. 눕지 말고 달빛 별빛을 보자고 보챈다. 육신은 침대를 갈망하지만, 녀석은 매몰차게 나를 일으켜 세운다. 모두가 잠든 밤 조용히 잠자면 좋으련만, 한치도 그럴 마음이 없어 보인다. 별빛마저 자신의 몸빛을 덜어 환한 달빛을 빛내주는 밤이다. 녀석 덕분에 저리도 고운 달빛을 보았으니 마냥 미워할 수도 없다.

참으로 별난 녀석이다. 밤에도 잠들지 않는 녀석을 어찌하면 좋으랴. 문득 나의 한없이 가벼운 마음을 탓하고자 찾아온 녀석은 아닐까 하는 위구심이 든다. 얼마 전에 친구가 아파서 설익은 말로 위로하였는데, 그 말이 목에 가시처럼 걸린다. '하나둘 아픈 곳이 생길 때야. 그동안 육신을 부렸으니 죽을 때까지 함께 갈 친구라고 생각해야지 어쩌겠어.'라는 말을 했다. 한 살 두 살 나이가 들수록 아픈 곳만 늘어나 서글프다는 친구의 넋두리를 잠자코 들었어야 했다. 육신의 고통을 친구라고 여기라니, 오지랖이 아니고 무엇이랴. 나의 고통이 아니라고 쉽게 여긴 것은 아니다. 하지만, 듣는 이의 마음은 편하지 않았으리라. 육신의 고통은 '옳지, 친구처럼 대하라고 했겠다. 그럼 네가 한 번 당해봐라.'라며 내게 혼쭐을 내는 것만 같다.

처음에는 순하던 녀석이다. 하지만, 녀석의 투정이 갈수록 집요하다. 낮에는 조용하다 눕기만 하면, 젖먹이가 칭얼대듯 앙탈을 부린다. '하지불안 증후군'이란 통증에 온 심신이 함락당하기 직전이다. 잠도 못 자고 녀석을 달래느라 거실을 허정거리는 날이 많아진다. 딸도 어미의 종아리와 씨름하다 지쳐 잠들어 있다.

거실 가득 들어찬 달빛이 잠 못 이루는 나를 위로하는

듯하다. 녀석도 달빛에 취한 것일까, 다리에 무언가 스멀스멀 기어 다니는 듯한 기분 나쁜 느낌과 통증도 잠잠하다. 마음은 녀석이 깨기 전 어서 누워 잠들라고 유혹하지만, 육신은 그가 깨어날까 두려워 쉬이 눕지 못한다. 불편한 동거가 길어진다. 보름달을 바라보다 문득 어머니의 말씀을 떠올린다.

'입이 보살이다.'라는 속뜻을 이제야 헤아린다. 당신은 말함에 있어 신중하라는 의미로 하신 말씀이었으리라. 내가 한 말은 상대가 듣기 전 내가 먼저 듣는다. 하니 악한 말은 스스로 병들게 하고 가식적인 말은 스스로 부끄럽지 않으랴. 말에는 진심을 담아야 한다는 의미이기도 하리라. 친구에게 고통을 '함께할 친구처럼 여겨야 한다.'라고 말한 것은 언어 선택에 아쉬움이 있다. 잘못된 말은 아닐지라도 위로의 말로 적정하지는 않다. 진심으로 상대의 고통을 이해하기보다 교만했음을 깨우친다. 인생사 생로병사를 담당하는 분이 있다면, 고작 잠을 자지 못하는 고통에 무너지는 나를 보고 코웃음 치지 않았으랴. 한밤중에 잠 깨어

허정거리는 시간이 길어져서야 부끄러움에 얼굴이 화끈 달아오른다.

잠이 설핏 들었다. 하지만, 기분 나쁜 통증이 나의 곤한 잠을 깨운다. 신기하게도 통증은 눕지 않고 일어서면 언제 그랬냐는 듯 감쪽같이 사라진다. 오늘 밤도 녀석은 나를 호락호락 잠들게 하지 않으려나 보다. 불현듯 야속함이 밀려와 눈물이 주르륵 흐른다. 잠을 자야 일을 할 텐데, 녀석은 봐줄 기미가 없다. 요즘 들어 더욱 모질게 달려드는 모양새이다. 녀석을 달랠 묘안도 없으니 답답할 뿐이다.

목마른 놈이 우물을 판다 했다. 진료하는 전문의가 없어 병원 이곳저곳을 기웃거린다. 그러다 우연히 듣게 된 유튜브에서 녀석의 성향을 꼭 집어 이야기하는 이를 접한다. 가슴이 요동친다. 날이 밝기까지의 시간이 천년인 듯 길게만 느껴진다. 병을 고쳐 줄 그를 찾아 서둘러 진료 예약을 한다. 차를 타고 3시간여를 달려가야 한다. 하지만, 거리가 무슨 문제이랴. 밤에 편히 잠들 수 있다면, 열 시간인들 달려가지 못하랴. 고약한 녀석을 달래줄 명의라고 한다.

나는 벌써 녀석과 작별하고 단잠에 든 모습을 꿈꾼다.

말을 할 때는 신중해야 하리라. '남의 팔다리 부러진 아픔보다 나의 손톱 밑 가시가 더 아프다.'는 옛 속담이 있다. 자칫 상황을 그릇된 시선으로 판단하지 말고 제대로 보는 안목을 가지라는 이야기가 아니랴. 상대에게 공감하지 못한 말은 자칫 아픔을 줄 수 있기 때문이다. 조언과 위로는 진실한 마음으로 건네야만 한다. 상대의 말을 조용히 들어주는 것이 위로라면, 진심으로 이해하는 자세 또한 위로가 아니랴. 뼈아픈 통증을 겪고서야 선부른 언행을 깨우치니, 나는 참으로 아둔한 사람이다.

말이 아닌 마음을 나누는 이치를 깨우친다. 세상에 이유 없는 일은 없으리라. 환한 달빛을 보자는 녀석이 사뭇 고맙기도 하지만, 그래도 녀석아 "우리 인제 헤어지면, 안 되겠니?"

『에세이포레』 2023년 봄호 통권 105호

# 슈룹

품위가 무엇이랴. 그녀가 당의 자락을 펄럭이며 지나가는 자리에 흙바람이 인다. 그녀의 거친 숨소리가 빠르게 그 뒤를 따른다. 흙바람을 잠재우던 비바람이 일순간 피바람으로 몰아칠 기세다. 지엄한 중전의 자리는 걸음새부터 품위를 지켜야 한다지만, 지금 그녀에게 품위 따위는 안중에도 없다. 하지만, 그녀의 다급함과는 달리 왕자들은 천하태평이다.

어느 부모가 자식의 일을 허투루 여기랴. 극은 임금의 자리에 오르기까지 그 자식을 키우고 지켜내는 어미의 치

열한 삶을 이야기하고 있다. 왕비라 하여 자식을 생각하는 마음은 민초의 어미와 다를 바 무에 있으랴. 아니 어쩌면 백성의 삶보다 더 가혹하고 죽음까지 불사하는 두려움의 삶이리라. 왕권을 두고 벌이는 싸움에서 자식을 지키고자 외롭게 사투하는 어미의 마음을 다룬 '슈룹'을 따라간다.

슈룹은 비를 막아주는 우산의 순수한 우리말이다. 슈룹을 어미가 자식을 지켜준다는 의미로 제목에 정했으리라. 나는 잠시 '슈룹이 비를 막아주면 우산 밖 빗줄기(세파)를 살피지 못할 수도 있지 않을까'라는 생각을 한다. 세차고 차가운 빗줄기를 맞아 피부가 얼고 터지고 갈라지는 고통이 삶이지 않으랴. 추운 날씨에 고뿔에 걸리고 열병도 앓아야 면역력이 생기지 않으랴. 세상의 세파를 모두 막아주고 싶은 것이 부모의 마음일지라도 그것을 모두 막아주는 것만이 자식을 위하는 것일까라는 의문을 떨치지 못한다. 내리는 비의 강약에 따라 슈룹을 선택할 안목도 어미보다 더 생을 길게 살아갈 자식에게는 필요한 것이 아니랴.

내가 자식을 낳았다지만, 자식의 속마음까지 모두 알 수는 없다. 두 아이를 키우며 수시로 '내가 낳은 두 녀석이 성향도 외모도 어쩜 저리 다를까'라는 생각에 놀라곤 한다. 큰 사고 없이 자란 두 녀석이다. 하지만, 두 아이를 키우기에 나의 슈룹은 작고 한없이 미약했음을 부정할 수 없다. 아이들은 슈룹의 보호막 없이 대부분 스스로 세상 풍파, 빗줄기와 마주했다. 어미로서 슈룹이 되어주지 못해 자책하던 시간이 길게 느껴져 미안하다.

그녀가 비 내리는 밤 초가마당에 무릎을 꿇는다. 체면도 비단으로 만들어진 옷도 주저 없이 진흙탕에 내던진다. 아니 그것들이 무슨 대수이랴. 자식의 목숨 줄 앞에서 어미는 두렵다고 뒷걸음칠 수도 슬프다고 소리 내 울 수도 없다. 더구나 어미는 자식 앞에 두려움을 내색할 수도 고통을 내색할 수도 없다. 세차게 내리는 빗줄기에도 자신이 흠뻑 젖는 것은 괘념치 않고 어린 자식이 비에 젖을까 염려하며 우산을 받치고 걷는 왕비의 얼굴에 미소가 스친다. 그 미소는 세상 어떤 힘겨운 공격일지라도 어미가 다 막아주리라는 강한 모정을 표현한다. 그녀의 간절함과 어머니의 마음을 슈룹은 말하고 있다.

내가 오래도록 사용한 우산은 낡고 헤어져 추레하다. 내 모습도 삶의 비바람을 막느라 저 헤어진 우산과 별반 다르지 않으리라. 다만, 나의 품에 있던 아이들은 자생의 힘을 길렀으니 스스로 넓고 탄탄한 슈룹이 되기를 희망할 뿐이다. 아니 아이들은 이미 저들만의 슈룹을 품고 세상에 나아갈 준비를 마친 듯 보인다. 조용히 일어나 문간에 놓인 슈룹을 마음 정돈하듯 곱게 말아 선반에 올려둔다. 어느 날 헤어진 우산일지라도 어미의 보호가 필요할지도 모를 일이지 않은가. 내일을 위한 유비무환이다.

* 슈룹: 명사 '우산'의 옛말.

「충청투데이」 2022년 11월

# 삶이 그림이 되다

멀리 산 능선이 보인다. 가을날 풍성했을 논두렁길에는 미루나무가 바람에 가지를 맡기고 서 있다. 택배기사 이현영 화가의 그림전을 찾는다. 화가의 그림에서 나무는 빠지지 않는 소재이다. 때론 작은 나무둥치가 때론 아름드리 둥구나무가 등장한다. 전시회장 한쪽 벽면을 가득 채우는 작품도 있다. 마치 내가 울울창창한 숲의 그림 속을 거닐고 있는 듯한 착각을 불러일으킨다. 그림 앞에 선 지인도 또 다른 관람객의 눈에도 호기심이 가득하다. 나 또한, 그 앞을 뜨지 못하고 한동안 머문다.

이현영 화가의 직업은 택배기사이다. 그림 작업은 주말이나 자투리 시간에야 가능했으리라. 그림에 얼핏 슬픔이 느껴진 연유가 그의 고단한 삶이 스민 탓이리라. 아마도 그는 지친 마음을 품 넓은 나무 그늘에서 쉬고 싶지 않았을까. 작가는 나무가 품은 보시의 마음으로 세상과 소통하는 삶을 꿈꾸었으리라.

모자의 특별전이다. 어머니와 아들 화가가 함께 그림 전시회를 기획하는 일은 드문 일이다. 전시된 작품 대부분은 작은 화폭으로 둥구나무와 별빛인 듯 다복이 핀 꽃잎이다. 나무 아래에 두 남녀의 정겨운 모습이 보인다. 주인공은 두 분의 자화상일까. 아니면 풋풋한 어느 연인의 모습일까. 그림 속 남녀의 모습이 동화인 양 정겹다.

아들 이현영 화가와는 달리 노모 김두엽 화가의 그림 주제는 초가집이 주를 이룬다. 황토로 지은 집 마당은 비질한 듯 말끔하고 햇살이 들어 밝다. 나도 화폭 속 사립문을 밀고 그 풍경 속으로 들고 싶다. 그 집 아이들과 함께 비석놀이도 하고 숨바꼭질도 하며 쉬어가고 싶은 마음이 절로

동하는 작품이다. 우리의 마음에 간직한 고향 풍경이 이와 같지 않으랴. 김두엽 화가는 작업에 몰두한 아들 옆에서 한 장, 두 장 그림을 그리기 시작했단다. 그렇게 시간이 흐르고 그녀는 알록달록한 그림물감에 마음을 빼앗겼으리라. 집과 가족, 아들의 모습을 화폭에 담으며 노모는 무슨 생각에 들었을까. 촌로 화가의 마음에 닿아본다. 당신의 시선은 밤낮과 계절이 바뀌는 중에도 변함없이 가족과 자식들을 향했으리라. 그러한 생각을 해서인가. 모친 화가의 그림에서 구연동화를 읽는 듯 정겨운 이야기 소리가 들리는 듯 착각이 인다.

예술가는 자신의 삶을 표현하는 사람들이다. 화가는 오묘하고 다양한 색으로 삶을 표현하는 예술가라면, 문학인은 깊은 향과 삶을 표현하는 단어와 문장을 낳는 예술가이다. 그러나 화가도 문학인도 마음처럼 쉽지 않아 늘 고뇌한다. 우리의 삶이 밤하늘에 빛나는 별빛이기만 하랴. 바닥 틈새를 비집고 오른 지난한 민들레 꽃잎이기도 하리라. 나는 그처럼 한결같지 않은 생일지라도 노모의 그림처럼 밝고 정겨운 이야기가 되기를 소망한다.

전시관 모니터에 모자의 모습이 흐른다. 노모의 시선은 인터뷰하는 내내 기자가 아닌 아들의 얼굴에 고정되어 있다. 주름 가득한 촌로 화가는 자신의 그림도 사회의 호기심도 관심이 없다. 그녀에게는 오직 아들과 함께이기에 그림도 전시회도 의미가 있는 것이다. 아들이 웃자 노 화백의 얼굴도 비로소 볼그레해진다. 아들을 향한 어머니의 표정이 전시관 그 어떤 그림보다 빛이 난다.

「충청투데이」 2021년 7월

# 빗방울

빗줄기가 거세진다. 빗살에 작은 물방울이 생겼다가 모형을 잡지 못하고 사라진다. 무심코 자동차 유리창에 맺히고 사라지는 빗방울에 시선이 머문다. 자동차 와이퍼가 매몰차게 물방울을 밀어내지만, 신이 내린 빗줄기를 어찌 막으랴. 물방울이 유리창 표면에 생겼다가 사라지는 생성과 소멸이 마치 인간사와 닮질 않았는가.

물방울이 빗살에 맞아 하나의 선으로 이어진다. 뒤이어 또 다른 물방울이 몸집을 키운다. 마치 실패에 주저하지 않고 새로운 삶을 이어가고자 애쓰는 인간의 모습을 보는 듯하다. 물방울에서 인간의 희로애락이 얼비친다. 비가 잦아지면, 물방울은 작고 소멸한다. 하지만, 빗줄기가 커질수록 물방울도 서로가 서로의 몸에 흡수되어 큰 물방울이 되다. 우레를 동반한 태풍이 지나고 빗살이 부드러워지면, 물방울을 머금은 세상의 모든 사물은 영롱하게 빛난다. 고통의 시간을 이겨낸 인간의 삶이 더욱 탄탄하고 강인해지는 것과 마찬가지가 아니랴.

미술관에서 본 물방울 그림이 떠오른다. 화가의 그림은 실재의 물방울보다 더 선명하여 실물보다 실물 같다. 마치 누군가 화선지에 물을 쏟아 놓은 듯 착각마저 이는 그림이다. 작가는 물방울에서 물이 아닌 그 이상의 의미, 인간의 삶을 표현하고 싶었다고 말한다. 영롱한 물방울이 다시 모체인 빗살을 맞고 풍선처럼 터진다.

빗방울을 톺아보니 우리네 일상이 그안에 있다. 인간의 삶도 매 순간 거칠고 세찬 빗살에 부딪히고 부서지며 이어지지 않으랴. 사람들은 크든 작든 자기의 모습을 지키고자 애쓰나 세상의 빗살은 그것을 쉬이 허락하지 않는다. 때론 삶을 지탱하는 마음마저 힘없이 무너지게 한다. 하지만, 그것이 어찌 삶의 고난이라고만 할 수 있으랴. 세상의 빗살은 나를 크고 더욱 단단하게 해주는 것이 아니랴. 나를 공격하는 모든 대상이 나쁜 것은 아니다. 그것은 내가 언제든 옳다는 이기적인 마음에서 오는 것이 아니랴. 때론 타인의 매가 나를 돌아보고 더욱 성장시키는 계기가 되지 않으랴.

생에 고난이 없다면, 즐거움도 일상처럼 느껴져 무감각의 세계에 살아가지 않으랴. 인간사 고민과 걱정거리는 허공중에 존재하는 공기처럼 자연스러운 일상이다. 생의 빗살이 두렵다면, 삶은 흐르지 않는 웅덩이의 물과 다르지 않다. 생명이 살아 숨 쉬지 못하는 물은 썩어 고약한 냄새를 풍길 뿐이다. 적당한 삶의 무게는 우리의 삶을 발전시키는 과정이 아니랴. 기꺼이 받아들이는 연습이 필요하다.

하늘빛이 수시로 변하듯 일상도 시시각각 변화한다. 세찬 빗살에 물방울이 터져 소멸하지만, 빗물이 없다면 빗방울의 생성도 있을 수 없다. 우리의 삶도 다르지 않다. 세상의 빗살을 맞아 그 고통을 경험한 사람만이 빗살에도 흐트러지지 않을 삶도 계획하지 않으랴. 빗살은 파괴의 대상이 아닌 생성의 모체임을 깨닫는다.

화가가 그린 물방울이 차창에 떨어지던 물방울보다 선명하다. 세상 모든 일상과 풍경에는 의미가 담겨있다. 고난의 흉터는 그에 마땅한 교훈도 일깨운다. 의미없이 흐르는 삶은 존재하지 않는다. 넘어지고 일어서는 과정에서 세상을 살아가는 마음이 점점 단단해져가고 있다는 것을 느낀다. 그 과정에서 생긴 상처를 바라볼 것이 아닌 더 깊은 의미를 찾는 것이 중요하리라. 생의 속도 조절도 필요하다.

자동차 시동을 끄니 와이퍼도 작동을 멈춘다. 유리창에 맺힌 물방울이 서서히 사라지고 물방울보다 더 영롱한 화선지 속 물방울 그림이 눈에 선하다. 나의 삶의 물방울은 스러지더라도 더 큰 물길을 찾아 떠나리라. 또한, 포기하지 않기를 소망한다.

「충청투데이」 2022년 3월

# 속내

요란한 새소리가 귀청을 때린다. 비 내린 새뜻한 초목들 사이로 소리 나는 쪽을 살펴본다. 벚나무 가지를 타고 작은 새 두 마리가 부산스럽게 움직인다. 나의 단잠을 깨운 범인들이다. 그 소리뿐이 아니다.

여느 날보다 매미 소리가 귀가 따가울 정도이다. 며칠을 살고자, 아니 한 번의 짝짓기를 하고자 긴 시간 침묵한 한을 풀어내기라도 하듯 목청껏 울어댄다. 곤충의 소리는 종족 보존을 향한 구애의 소리라고 말한다. 지금이 아니면, 다시는 기회가 오지 않으리라는 간절함의 소리란다. 하지만, 온몸으로 된더위를 이기는 할머니에게 곤충의 간절함을 이야기했다간 '개 풀 뜯어 먹는 소리 하지 마라.'라는 말을 들을 수 있다. 어찌 그 속내를 모른다고 할머니를 손가락질할 수 있으랴. 곤충의 소리는 일찍이 소음의 경계를 넘었다. 할머니가 걸음을 멈추고 나무 위를 향해 냅다 소리친다. '아휴 시끄러워'.

초등학교 교과서 탓은 아니라고 말할 수도 없다. 엉뚱한 소리가 아니다. '개미와 베짱이' 이야기는 부지런한 개미와 달리 노래만 부르는 베짱이의 나태함을 꼬집은 이야기가 아니랴. 우리는 한낱 곤충이 노래만 부르며 노닐어 밉상이라는 생각에 시끄럽게 울어대는 매미에게도 연좌제를 묻는 것이리라. 하지만, 베짱이는 한여름, 길어야 가을까지 생존한다. 그런 연유로 종족 번식은 여름 한 철이 아니면 불가능한 일이다. 어찌 목소리를 높여 짝을 유혹하지 않으랴. 매미도 베짱이도 여름 한 철은 꿈꾸는 우화의 계절이다. 그 속내를 짐작하니 소음으로만 들리던 소리가 한순간도 허투루 보낼 수 없다는 간절함의 외침으로 다가온다.

우리가 살아가는 세상도 수풀 속 세상과 크게 다르지 않다. 인간에게도 이생은 두 번 다시 오지 않을 생이지 않으랴. 그래서일까. 종종 자기 삶을 지키려는 아니 지킨다는 생각인 듯 쌍심지를 켠 채 포효하는 모습과 마주한다. 공동체 사회에 적응되지 않은 왜곡된 이가 적지 않다. 인간도 어지러운 세상, 삶을 지키고자 하는 본능의 간절한 몸짓이 아니랴.

인간의 언어, 아니 곤충의 몸짓과 소리에도 그만의 속내가 담겨있다. 소중한 연인, 가족도 마음속 의미를 눈치채지 못하면, 금세 소원해진다. 내가 아닌 다른 사람의 속내를 알기란 쉬운 일이 아니다. 아니, 너무도 잘 알고 있다는 착각에 더 큰 상처를 주는 경우도 종종 벌어진다. 곤충의 종족 번식을 향한 몸짓을 게으른 나태함으로 왜곡함은 동화 탓이라 할지라도, 인간이 서로의 속내를 읽지 못하여 왜곡된 상황은 누구를 탓할 수 있으랴.

소중한 이들의 몸짓과 소리에 민감하다. 무심한 듯 그 속내를 살피려고 무진 애를 쓰기도 한다. 조용해진 나무

쪽을 살펴보니 새가 서로의 부리와 날개를 부비며 노닐고 있다. 주변도 조용해진 걸 보니 두 마리 새는 서로의 속내를 알아차린 모양이다. ‘그래, 너희가 나보다 낫구나.’

「충청투데이」 2022년 8월

# 아름다운 훈수

적색 신호등에 차가 멈췄다. 멈춰선 차 가까이에 다가서니 운전석에 앉은 사람이 뭔 짓이냐는 듯 째려본다. 손을 내밀어 차 문을 열어보라 한다. 운전자는 여전히 마땅찮은 표정으로 유리창을 내린다. '바퀴 펑크 났어요. 계속 달리면 휠 망가지고 위험해요.'라고 말하니 그제야 화들짝 놀란다. 차를 갓길에 세워 긴급 출동 센터에 도움을 청하라고 이르곤 직장으로 향한다. 앳된 운전자의 모습에서 나의 초보운전 시절을 떠올린다.

꼭 그의 탓만은 아니다. IMF와 더불어 승승장구하던 사업은 브레이크가 고장난 듯 멈출 줄 모르고 내리막길을 달린다. 고민 끝에 사업을 정리하고 그는 새로운 일을 찾아 서울로, 나는 시부모님과 아이들의 생계를 책임지기로 한다. 새벽시장에 나가 조금이라도 좋은 상품들을 골라 공장 식당에 납품을 시작한다. 체면은 접어둔다. 아니 이것은 부끄러운 일이 아니라고 스스로 다잡는다. 나는 억척스러운 아줌마가 되어간다. 동이 트기 전 집을 나서 경매가 마치기를 기다리고 있다 그날 필요한 좋은 식자재를 재빨리 트럭에 싣는 눈치도 생긴다. 하지만, 빠르게 적응하는 나의 작은 몸집과 달리 마음이 단단해지기까지는 시간이 필요했다. 그날도 트럭에 식료품을 가득 싣고 달리던 중이다. 옆 차선 운전자가 다급한 손짓을 한다. '무슨 일일까. 내가 뭘 잘못했나.'라고 생각하며 갓길에 차를 세우고 차창을 내린다. '바퀴 펑크 났습니다. 그렇게 달리면 위험하니 카센터 불러 도움을 청하세요.'라고 한다. 순간 머리가 하얘진다.

자동차 바퀴의 펑크는 둘째고 트럭에 가득 실은 물건부

터 걱정이다. 제시간에 배송하지 못하면, 근로자들의 점심을 준비할 수 없다. 다급한 마음을 진정하고 보험회사의 긴급 출동을 부른다. 다행히 빠르게 수리받고 납품을 마쳤던 기억이 10여 년 전의 일이다. 어린 운전자의 모습을 보며 그날의 내가 떠오른다. 그런 날을 떠 올리면 정다운 분의 얼굴이 자연스레 떠오른다.

'우리 소풍 가요. 우리 오늘 드라이브해요.'라는 소리가 들리는 듯하다. 깨끗한 승복에 흙이라도 묻을세라 노심초사하는 내 마음을 아는지 모르는지 맑게 웃으신다. 주인도 모르는 산소에 절을 하고 도시락을 펼쳐 소풍을 즐기던 일도 쿰쿰한 냄새가 진동하던 비지장을 먹었던 기억도 오래전 일이다. 살뜰히 아껴주신 마음과 부담스럽지 않을 만큼의 관심으로 나를 바로 서게 하신 귀한 분들이다.

우리의 생은 예기치 않은 일에 바람이 빠지고 간혹 펑크가 나기도 한다. 자기 모습을 바라볼 여유 없이 바삐 살아간다는 증거이리라. 삶의 휠은 쉬이 망가지지 않는다. 우리의 주변에는 아름다운 훈수로 기꺼이 서로의 삶을 소리

없이 지켜주는 이들이 있지 않던가.

훈수는 관심이고 응원이다. 이웃의 삶에 애정이 없다면 훈수보다는 무관심으로 일관하지 않으랴. 물론 지나친 훈수는 상대에게 불쾌감을 줄 수 있으니 지혜로운 훈수가 필요하다. 불편한 조언도 나를 향한 작은 관심의 표현이라 여기면, 우리의 생활이 조금은 훈훈해지지 않으랴. 나의 삶은 주변의 관심과 아름다운 훈수로 온기를 찾는다.

백미러로 바라보니 그녀가 허리를 굽혀 인사한다. 나도 깜빡이로 그녀에게 응답한다. 이제 막 도로에 올라선 그녀의 삶이 도로 위에서도 사회에서도 무탈하길 고대한다.

「충청투데이」 2021년 1월

# 품바

소년의 모습에 시선을 돌리지 못한다. 그의 표정을 지나칠 수 없어 행동을 주시한다. 미동도 없던 어깨가 조금씩 흔들리기 시작한다. 무표정한 모습과 달리 두 손에 쥐어진 가위는 자유자재로 움직이고 있다. 가위의 부딪히는 소리가 경쾌하다. 축하 무대에 오른 소년 품바가 나의 신경을 붙잡는다.

가을을 맞아 지역 축제가 한창이다. 혜안글방 도반의 문학 공모전 수상차 옥천을 거쳐 글방 선생님의 문학상 수상식장인 음성으로 향한 참이다. 수상자들을 축하하고자 품바들도 출동했다. 중년 품바의 화려한 입담에 객석 이곳저곳에서 폭소가 터진다. 하지만 젊고 앳된 품바는 '너희야 그러든 말든'이라 말하는 듯한 무심한 표정에 나는 웃음을 꿀꺽 삼켜 버린다. 우스꽝스러운 화장과 손바닥만 한 리본을 머리에 꽂은 모습이 천상 품바인데 표정은 해탈한 고승처럼 꿈쩍도 하지 않는다. 나는 중년 품바와 어린 품바, 둘의 행위 하나하나를 놓치지 않고 좇는다. 그러다 소년 품바의 입가에 설핏 스친 미소를 발견한다. 그럼 그렇지, 나의 신경도 비로소 느슨해지는 것을 느낀다.

그가 억지로 끌려온 건 아니리라. 가위 장단이 현란한 것을 보니 하루 이틀 익힌 솜씨도 아니다. 소년의 표정이 처연한 듯 보이지만, 잠깐 스친 그의 미소에 그도 이 잔치에 합류하고 싶어 한다는 것을 눈치채고 안도의 숨을 쉰다. 입술도 미세하게 움찔거리고 있다. 어디 그뿐이랴. 어깨춤을 추듯 그의 어깨가 조금씩 들썩이고 있고 발장단은 그보다도 신명이 나 있다. 그는 지금 음악에 맞추어 장단을 맞추고 춤을 추고 있다. 그렇다면, 그는 지금 자신과의 싸움, 전쟁을 벌이는 중인 것일까. 부끄러움이라는 거대한 산을 넘고자 애를 쓰고 있다면, 그는 분명 승자가 될 것이리라. 애벌레가 번데기라는 껍질을 벗는 날 찬란한 날개를 얻듯 그는 부끄러움이라는 껍질을 벗고 품바로 찬란한 날개를 펼치지 않으랴. 아니, 이것은 나만의 착각이란다. 나의 잘못된 선입견일 뿐이라는 말에 할 말을 잃는다.

도반의 생각은 나와 전혀 다르다. 그는 부끄러움을 가장하고 있단다. 대장 품바의 현란하고 구성진 입담과 젊은 품바의 시크함을 내세운 그들만의 콘셉트라고 말한다. 순간 답답했던 가슴이 뻥 뚫리는 듯 전율이 인다. 젊은 품바의 표정이 억지로 하는 품새만 같아 측은지심마저 들던 참이 아니던가. 도반의 말에 따르면, 젊은 품바가 객석에 앉은 이들의 마음을 쥐락펴락하는 것이다. 그렇다면, 나는 그에게 감쪽같이 속고 있는 것이다.

어린 품바의 표정에 해석이 분분하다. 진실은 어린 품바만이 알고 있으리라. 아니 그에게 속았다면, 차라리 기분이 좋을 듯싶다. 모든 사물은 겉으로 보이는 모습이 전부가 아니라지 않던가. 글방의 선생님은 늘 글제를 찾을 때 보이는 것에 속지 말고 속내를 살펴보라고 한다. 편협된 생각은 고인 물과 같아 결국엔 고약한 냄새를 풍기며 썩게 마련이다. 편협된 생각에 머물러 감성이 시들지 않도록, 사물의 속내를 살피는 연습에는 결코 과함이 없으리라.

젊은 품바의 얼굴에 설핏 스친 미소가 떠오른다. 그의 품새가 연출이었다면, 속고 있는 관객을 보며 자신의 성공한 기획을 확인한 만족스러운 미소였으리라. 그것이 진실이라면, 그는 진정한 프로, 진정한 품바가 아니랴. 젊은 품바의 붉은색 볼을 떠오르게 하듯 서녘이 붉게 타오르고 있다. 소년 품바의 구성진 소리를 들을 수 없었던 것이 아쉬움으로 남는다. 그가 무대에 올라 구성진 입담과 노래로 좌중을 휘어잡을 그 날을 마음속으로 응원하며 귀가를 서두른다.

「충청투데이」 2022년 10월

# 터

토끼처럼 귀를 쫑긋 세우고 큰 눈을 껌뻑거린다. 고라니가 아파트 정문에 우뚝 멈추어 서 있다. 고라니도 사람도 서로를 마주 보고 어안이 벙벙하다. 잠시 상황을 살피던 녀석이 겅중겅중 달린다. 동물을 따라 사람도 호도깝스럽다. 고라니는 출구를 찾아 달리는 것이리라. 하지만, 그곳이 출구가 아닌 것을 어이할꼬.

고라니가 나타난 것은 정오쯤이다. 아파트에 고라니가 나타나리라 상상이나 했으랴. 인간의 터에 들어온 고라니도, 맞이하는 사람도 허둥댄다. 아파트 주변의 숲은 산책로와 얕은 동산뿐이다. 그곳도 고라니의 서식지라 하기엔 아쉬운 숲이다. 사방을 둘러봐도 야생동물이 어디서 왔는지 감이 오지 않는다.

고라니가 아파트 커뮤니티센터를 배회한다. 평일 낮, 센터를 이용하는 사람이 없어서 다행이다. 고라니의 성향이 순할지라도 낯선 환경에 돌발 행동을 할지 모른다. 동물보호센터와 119에 안내하고 통신실 CCTV 화면으로 고라니의 동선을 쫓는다. 동물은 어쩌다 자신의 터를 벗어나 이곳으로 온 것일까. 자기도 예상하지 못한 낯선 풍경에 허둥대는 모습이 측은하다. 부족한 먹이를 찾아 내려온 것일까. 아니면, 어미를 잃어 찾아 나선길이 예까지 이른 것일까. 돌아보니 알 것도 같다. 지금의 터를 생각하니 고라니의 마음이 읽히는 듯하다.

아파트가 지어진 자리는 예전에 들과 숲이었다. 큰 짐승은 아닐지라도 작은 동물들은 이곳에 터를 잡고 살았으리라. 이곳이 바로, 고라니가 살던 옛터였을까. 본의 아니게 인간이 살자고 숨탄것들에 터를 빼앗은 것이 아니랴. 대항

할 힘 없이 밀려났던 동물은, 아마도 태어난 터를 몸으로 기억하리라. 태어나 자란 곳이 그리운 것은 인간이나 동물이나 다르지 않으리라. 글방에서 도반들과 공부했던 '시애틀 추장의 연설문'이 생각난다. 삶의 터전을 떠나는 날 추장의 연설문이 많은 이들에게 감동을 주며 널리 읽히고 있다.

시애틀을 떠나는 추장은 말한다. 자신들의 터를 팔지 않으면 백인들은 총을 들고 그들의 땅을 빼앗을 것이다. 터를 포기하지 않으면, 죽음이라니 어찌 떠나지 않고 버틸 수 있었으랴. 그는 연설문에서 빛나는 솔잎, 모래 기슭, 어두운 숲속 안개 그 모든 것이 거룩하다. 사슴, 말, 큰 독수리 등은 우리의 형제이다. 인간도 동물도 벌레도 나무의 수액도 한 가족이었다고 말한다. 더불어 백인들에게 이 숲의 모든 것에 형제를 대하듯 친절을 베풀어야 한다고 간절히 당부한다. 그들의 선조는 후손들이 대대손손 한 터에서 살아가리란 것을 의심하지 않았으리라.

고라니는 옛터전이 그리워 자연스레 이곳으로 발길을

향했으리라. 인간이 태어난 고향과 부모를 그리워하듯 고라니도 태어나 자란 옛터가 그리워 찾아든 것이 아니랴. 정녕 누군가의 삶, 터를 빼앗을 권리는 없다. 더 넉넉한 삶, 더 넓은 터를 차지하고자 타인의 희생을 강요하는 침략은 지금도 지구 곳곳에서 일어난다. 그와 반면 어느 산 사람은 하루도 빠짐없이 새와 짐승들에게 먹이를 나누는 영상을 본 기억이 난다. 그는 자신이 하는 행동은 나누는 것이 아닌 더불어 살아가는 것이라 한다. 정녕 자연과 인간이 하나가 되어 살아가는 일이 쉽지 않은 일인가.

고라니가 펜스를 훌쩍 뛰어넘어 어디론가 홀연히 사라진다. 고라니가 아파트 곳곳을 허정거리던 길고 가는 다리가 눈에 선하다. 아니 슬픈 듯 껌뻑이던 눈망울도 선연하다. 부디 제가 살던 옛터는 잊고 새로운 터전에서 잘 살아가기를 기도한다. 마음이 괜스레 숙연해지는 오후이다.

| 발문 |

# 삶의 근원, 화양리 가무내

**이은희**

수필가

참으로 변함없는 사람이다. 이인숙 작가를 그리 부르고 싶다. 필자가 재능기부로 혜안글방 문을 연 것이 2015년 봄날이다. 이 작가와 처음부터 함께했으니 만8년이 넘는 세월이다. 직장 생활하며 주경야독으로 글공부뿐만 아니라 주말에는 전통문화재를 보고자 전국의 사찰 기행을 무시로 하였다. 그녀는 언제 어디서나 솔선수범하고 겸손한 분이다. 어떤 때는 턱도 없이 자신을 낮추는 분이라 옆구리를 질러 그러지 말라고 조언한다. 험한 세파에 휘둘려 축 처진 새의 날개를 보았는가. 가끔 그녀의 모습이 그리 보인다. 대중 앞에서 두 눈이 보이지 않도록 함박웃음을 짓지만, 진정으로 웃는 게 아닌 듯싶어 안쓰러울 때가 있다.

수필의 집은 작가가 주인이다. 그 집은 나의 세계이자

소우주이다. 나만의 성城을 쌓아 자존감도 높이고, 자신감도 넘쳐도 된다. 그렇다고 자신을 성안에 가두라는 소리가 아니다. 잔뜩 위축되어 자기만의 세계에서 나오길 싫어하는 듯해 보여서다. 재능과 재물 욕구에 생애 전부를 거는 사람들이 있다. 이런 욕구를 제어하고 조절하는 것은 인성이 아니겠는가. 그 인성은 지혜와 성찰에 대한 욕구이다. 이 욕망이 높으면 부질없는 욕구에 목숨을 거는 일도 없으리라. 부디 이 작가도 '무심한 능동성'으로 자신이 쌓은 수필의 성城에 지인도 부르고 나그네도 묵어가도록 하자. 당신의 진가를 제대로 보여주고 알게 하는 행위가 바로 이 작가에게 필요한 문학적 치유이자 힐링이 아닐까 싶다.

수필은 인간학이다. 이인숙 작가는 살아오면서 해보지 않은 일이 없다고 말한다. 그만큼 생활이 척박하여 자신을 돌아보지 못한 세월이 크리라. 어쩌다 인연이 되어 글의 세계로 들어 자신을 반추하게 된다. 글쓰기는 참 좋은 수행이기에 잘한 일이다. 글쓰기로 삶의 기예를 닦는 계기로 삼는다. 작가는 삶의 고통과 아픔을 신변잡기식으로 그려내진 않는다. 일상의 소재를 가슴에서 누잦혀 남다르게 글을 발표하고 있다. 책을 읽으면 쓰고, 글을 쓰면 다시 책을 읽고 사유하는 속에서 자신의 재능을 발현하고 있다. 그렇게 자기만의 수필의 성城을 견고하게 쌓고 있다. 그녀가 그동안 쌓은 수필의 성城을 살펴보자.

이인숙 수필가는 2019년 전북도민일보 신춘문예로 당선한 작가이다. 수필 「수탉의 도전」으로 문단에 당당히 입문한다. 김경희 심사위원은 "문장의 은유법이 돋보였다. 눈물 어린 삶 속에서도 그늘 없이 사회적 희망을 살아내는 작가의 정리된 영혼이 아름다웠다. 어두운 배경인데도 화사한 문장의 표현 기법과 문학적 새로운 감각이 느껴졌다. 때문에 「수탉의 도전」을 당선작으로 미는 데 주저하지 않았다."라고 심사평을 하였다.

심사평에도 적었지만, 그녀는 참으로 순박하고 영혼이 맑은 사람이다. 신춘문예 당선 통보를 듣고 감동의 물결이 넘치던 그날, 내가 어찌 그날의 기억을 잊으랴. 근무를 마치고 바로 나에게로 바람같이 달려온 것이다. 나를 보자마자 부둥켜안고 눈물을 철철 흘렸다. 나도 그녀에게 전염된 듯 덩달아 끌어안고 울었다. 그렇게 눈물을 흘리고 말리며 지나온 이야기를 나누었다. 그녀는 아마도 살아오면서 뜨거운 심장에 눈물을 꾹꾹 눌러 말렸으리라. 그녀에게 가장 기쁜 날에 고통과 서러움을 기쁨의 눈물로 쏟아낸 건 아닌가 싶다. 무엇보다 수상식에서 그녀가 나에 대한 과찬의 소감을 말해줘 정녕 보람이 넘쳤다. 하지만, 작가는 이미 신춘문예보다 더 큰 상을 2018년에 받은 거나 다름없다. 작품 응모 편수가 자그마치 천여 편이 넘는 공모전인 전국 근로자문학제에서 금상을 수상한 것이다.

작가는 누구보다 아버지를 그리워한다. 지금도 아버지의 이야기가 나오면 울먹거리는 듯하다. 그도 그럴 것이 어머니가 지병으로 돌아가시고, 열이틀 뒤에 아버지마저 돌아가셔서 황망한 일을 겪는다. 수필 「님의 침묵」은 가슴 속에 묻어둔 아버지에 관한 글이다. 바로 2018년 전국 근로자문학제 수필 부문에서 금상을 수상한 작품이다. 송명화 심사위원은 "금상 「님의 침묵」은 동료를 잃은 고양이의 서사와 부모님을 잃은 작가의 서사를 상관화 시킴으로써 주제의 깊이를 증폭시켰고, 구성의 묘미가 돋보인다."라고 심사평을 하였다. 심사평처럼 「님의 침묵」은 다시 읽어도 문학사에 남을 수작이다. 가족 중 누구보다 아버지를 사랑한 그녀이기에 이야기가 많으리라.

신춘문예 당선 이후에 당선작 표제로 수필집 『수탉의 도전』을 출간하여 이목을 끌었다. 첫 수필집에는 작가가 살아온 생활을 반경으로 인연이 된 작품들로 가득하다. "돈복은 없어도 인복은 넘친다"고 입버릇처럼 말하는 작가의 주변 인물들이 등장한다. 작가는 어려운 환경 속에서도 왜곡된 시선은 거두고, 현실을 직시하며 삶의 희로애락을 기록하였다. 한 평론가는 '은유법이 돋보이는 문장과 문학적 감각이 돋보이는 소재들을 선별하는 작가의 시선이 특별하다.'라고 말한다. 작가는 "수필은 치유의 문학이라고 생각한다. 때론 그리움을 때론 소소한 일상과 아픔까지도 글로 토해내며 스스로를 다독인다"며 "세상을 향한 도전이며 상처받고 화해하는 과정을 가식 없이 담은 고백서이다."라고 머리말에 적었다.

이인숙 작가는 「수탉의 도전」에 실린 글귀처럼 끊임없이 삶의 몸부림을 치고 있다. "머물러 주춤거린다면 무엇 하나 얻을 수 없으리라. 수탉의 몸부림에서 포기하지 않고 세상으로 나아가고자 하는 거침없는 도전정신을 깨우친다." 작가의 말대로 도전은 계속된다. 2023년 충북문화재단 우수창작기금을 수상하며 수필집 제2집을 엮게 된 것이다. 문학 전 장르에 몇 안 되는 우수창작기금 선정에 뽑힌 수필가이다. 수필 10편을 무기명으로 제출하여 이인숙 작가의 작품이 선정되어 수필집 『가무내 연가』를 출간하니 우수 작가로 내로라하게 인정을 받은 것이나 다름없다.

수필집 『가무내 연가』는 이인숙 수필가의 고향인 '가무내' 이야기를 주제로 한 작품집이다. 작가는 1964년 괴산군 청천면 화양리 2구 80번지, 가무내 50여 가구 모여 사는 아름다운 산촌에서 태어났다. 수필집 『가무내 연가』는 작가의 고향 산촌 '가무내'의 과거와 현재의 기록이다. "사람 살아가는 소리가 시끌벅적했던 산골 마을, 조용히 침잠하는 이 순간, 모두가 가무내의 역사이며 소중한 유산"이라고 적는다. 그녀에게 '평범하고 소소한 일상이 우리네가 살아가는 삶의 근원이고 힘'이라고 여긴다. 그렇다. 사람 사는 데 무에 특별한 것이 있겠는가. 조선후기 간서치 이덕무는 "가장 빛나는 것들은 언제나 일상 속에 있다."라고 적었다. 그녀는 이미 삶의 진리를 알고 설파하고 있잖은가.

연암 박지원, 에피쿠로스, 스피노자의 공통점은 '우정의 철학자'라고 고미숙 평론가는 말한다. 필자 또한, 글을 가르치며 작가의 삶을 깊이 알게 되고, 자연스레 배움과 우정이 깊어진다. 이와 맞물려 중세철학의 이단자인 이탁오(명말明末 양명좌파陽明左派)는 "스승이면서 친구가 될 수 없다면 진정한 스승이 아니다. 친구이면서 스승이 될 수 없다면, 그 또한 진정한 친구가 아니다."라고 배움과 우정의 일치를 설파하였는데, 역시 어떤 일이든 애정이 깃들어야 원대한 뜻을 이룰 수가 있다.

그녀는 필자의 바람대로 끊임없이 글을 써내고 있다. 독자들은 수필집 『가무내 연가』 속에서 그녀만의 독특한 필체로 빚은 산촌의 한유한 풍경을 향유하리라. 또한, "아이들 웃음과 우렁찬 황소의 울음소리", 가무내의 청량한 물소리가 무시로 귓전에 울리리라. 잊혀가는 선인의 삶터와 생애 흔적을 생생하게 되살리는 이인숙 수필가에 큰 박수를 보낸다. 작가의 말대로 『가무내 연가』는 충북 청천면 화양리의 '가무내'가 소중한 기록문화유산으로 남으리라. 앞으로도 좋은 작품으로 도전이 계속되길 바라며, 사유의 깊이를 더하여 개성적 수필로 나아가길 원한다. 부디 수필의 정수, 21세기가 낳은 명문을 남겨 한국수필 문학 발전에 이바지했으면 하는 바람이다.

이은희
2004년 『월간문학』 등단. 동서커피문학상 대상, 구름카페문학상, 에세이포레문학상, 박종화문학상, 한국수필문학상 수상 외. 수필집 『검댕이』 『결을 품다』 『화화화』(아르코문학창작선정도서) 『불경스러운 언어』외 7권.
계간 『에세이포레』 주간, 청주문화원 부원장, 충북문화재단 이사, 한국문인협회 이사, 충북펜문학 부회장(주간 겸임), 충북수필문학회 감사, 수필문우회 회원, (사)스마트경영포럼 문화예술분과위원장으로 활동.